問學

丛书编委会

（按姓氏音序排列）

主　编

傅　杰　刘进宝

编　委

程章灿　杜泽逊　廖可斌　刘跃进

荣新江　桑　兵　舒大刚　王　素

王云路　吴振武　张　剑　张涌泉

西溪小集

龚延明 著

浙江古籍出版社

图书在版编目（CIP）数据

西溪小集 / 龚延明著 . -- 杭州：浙江古籍出版社，2023.4

（问学）

ISBN 978-7-5540-2559-8

Ⅰ . ①西… Ⅱ . ①龚… Ⅲ . ①社会科学－文集 Ⅳ . ① C53

中国国家版本馆 CIP 数据核字（2023）第 053455 号

问 学

西溪小集

龚延明 著

出版发行 浙江古籍出版社

（杭州体育场路 347 号 电话：0571-85068292）

网 址	https://zjgj.zjcbcm.com
责任编辑	石 梅
封面设计	吴思璐
责任校对	吴颖胤
责任印务	楼浩凯
照 排	浙江时代出版服务有限公司
印 刷	浙江海虹彩色印务有限公司
开 本	787mm×1092mm 1/32
印 张	5.25
字 数	110 千字
版 次	2023 年 4 月第 1 版
印 次	2023 年 4 月第 1 次印刷
书 号	ISBN 978-7-5540-2559-8
定 价	39.00 元

序

　　热心于弘扬中国传统文化的浙江古籍出版社，组织筹划出版"问学"丛书，邀请国内外专家学者撰写治学的心得体会，期以能亲切地和读者进行心灵上的交流。这是富有创意的学术出版构思，也是出版之林中茁壮成长起来的"问学"常青之树。

　　我与杭州西溪有缘。从20世纪50年代后期起，我学习、工作的单位——杭州大学，就在西溪河北边；我居住的教工宿舍——杭大新村，即在西溪河南边。2009年，我从杭大新村搬入浙大西溪校区内的启真名苑，仍生活在西溪之滨。

　　两岸遍植芬芳梅花的西溪，流水清清，从唐宋一直流淌到今。而我从老杭大到新浙大（1956—2022），从求学、执教到退休发挥余热，已历经66个春秋！几十年间，我几乎每天经过横跨西溪的道古桥，常常勾起对西溪古往今来多少往事和人物的追念。《容斋随笔》作者洪迈之洪氏家族（父洪皓，兄洪适、洪遵）的"洪园"，就在西溪之源头；在南宋做过枢密院编修官的姚宽留下一本以西溪命名的《西溪丛语》，有助于了解宋代名物制度。宋代文士开启的西溪文脉，源远流长。公元 1751 年春，乾隆皇帝南巡杭州，游历了西溪，写过一首《西溪诗》：

> 十里清溪曲，修篁入望森。
>
> 暖催梅信早，水落草痕深。
>
> 俗借渔为业，园饶笋作林。
>
> 民风爱淳朴，不厌一登临！

西溪景致优美如画，历史悠久，民风朴实。本人与西溪结下不解之缘，本书中的文字又多是在西溪之滨写下的，我不由得将随笔小记命名为"西溪小集"。

《西溪小集》收录了笔者数十年间读史、研史、写史的一些心得，如：读书要有主次之分，"有的书要读破，有的书要翻破"；治学要有细水长流的坚持，"不怕慢，只怕站"；做学问之功在于"不厌其烦见精神，日积月累奏奇功"。

小集也收录了一些从官制视角考辨古诗、古代名物，探讨职官、科举领域一些难点问题，以及论述科举与古典名著的关系等的学术札记。

著名史学家陈垣先生说过："人生不易，有才能的人，也需要得到有力人的提携。"对此，我深有体会。在学术道路上，我得到过两位名家的奖掖，一是中华书局原总编傅璇琮先生，一是北大著名教授、宋史权威邓广铭先生。从确定学术研究方向、研究的方法，到书稿的出版，再到出版成果的评价，都获得二位先生的提携和帮助，这是我学术人生的幸运。小集中收入了几篇先后发表在《光明日报》《中华读书报》上的文章，如《智者风范仁者襟怀：记傅璇琮先生二三事》等。

浙大西溪校区图书馆六楼课题室，竹影摇曳，清冷寂寞，一年三百多天，我几乎天天在此。自然，也有通过学术沙龙、学术会议，与学者朋友、莘莘学子交流治学体会，相互切磋的快乐时光。于是，小集也收入了我回顾自己数十年学术人生的篇章。这是一条漫长而艰辛的路，有困难、挫折带来的烦恼，也有成功带来的喜悦。

有巍巍高山，就有潺潺流水。有山上的参天大树，就有溪边的小花小草。这本小书，就像溪边的小花、小草，记录了登攀高山的艰辛与欢欣，记录了登攀学术高峰的点点滴滴心得与体会，我愉快地分享，希望读者也能愉快地阅读。

龚延明记于 2022 年 9 月 10 日教师节、中秋节

目录
CONTENTS

北朝本色民歌《木兰歌》发覆
——兼质疑《全唐诗》误收署名韦元甫《木兰歌》

在中国文学史上，与《孔雀东南飞》一起被誉为民歌双璧的《木兰诗》，其作于何时、出自谁手的问题，众说纷纭，长期以来得不到统一。比较有代表性的观点是，游国恩主编《中国文学史》中《北朝乐府民歌》所论："北朝乐府民歌代表作《木兰诗》……也有一个产生的时代问题，而且更为纷纭，魏、晋、齐、梁、隋、唐，各说都有。有的还提出了主名，把著作权归之曹植和韦元甫。目前我们可以肯定是北朝民歌。陈释智匠撰《古今乐录》已著录这首诗，这是不可能作于陈以后的铁证。……在流传过程中，它可能经过文人的润色，以致中杂唐调，如'万里赴戎机'六句。但就全诗看，仍保持着北朝民歌的特色。"[①] 章培恒等主编《中国文学史》中《北朝民歌》节也与上述观点相同："《木兰诗》，这首诗宋初编的《文苑英华》题为唐韦元甫作，其他宋人著作也

---

① 游国恩主编：《中国文学史》，页306，人民文学出版社，1991年版。

有认为是唐人作的，所以其产生年代尚有争议。不过，多数研究者认为是北朝民歌，而经过唐文人修改润饰。"①

以上两部影响较大的《中国文学史》所讨论的《木兰诗》，均是《文苑英华》所收韦元甫《木兰歌》，即宋郭茂倩编《乐府诗集》②所收的《木兰诗》之第一首。然而，《全唐诗》所收韦元甫《木兰歌》，即宋郭茂倩编《乐府诗集》所收《木兰诗》之第二首，却未及讨论。至于这两首诗之间存在何种关系，更没有注意到。笔者认为，开辟一条新的研究路径，搞清这两首《木兰歌》之间是否存在传承关系，探究韦元甫到底与哪一首《木兰歌》可能有直接关系，也许对鉴定北朝本色民歌《木兰歌》和经唐代文人修改的《木兰诗》，进而确定《木兰歌》和《木兰诗》两者的产生时代和作者，会有帮助。

一、情节与语言风格比较研究

为便于讨论，先将两首《木兰歌》转引如下：

《全唐诗》所收韦元甫作《木兰歌》（即《乐府诗集》卷二十五《木兰诗二首》之二）：

---

① 章培恒等主编：《中国文学史》，页446，复旦大学出版社，1996年版。
② （宋）郭茂倩编：《乐府诗集》卷二十五《木兰诗二首》，刊《文渊阁四库全书》第1347册，页236、247，商务印书馆，1986年影印本。

　　木兰抱杼嗟，借问复为谁？欲闻所戚戚，感激强其
颜。老父隶兵籍，气力日衰耗。岂足万里行，有子复尚
少。胡沙没马足，朔风裂人肤。老父旧羸病，何以强自
扶。木兰代父去，秣马备戎行。易却纨绮裳，洗却铅粉
妆。驰马赴军幕，慷慨携干将。朝屯雪山下，暮宿青海
傍。夜袭燕支虏，更携于阗羌。将军得胜归，士卒还故乡。
父母见木兰，喜极成悲伤。木兰能承父母颜，却卸巾鞲
理丝簧。昔为烈士雄，今为（一作复）娇子容。亲戚持
酒贺，父母始知生女与男同。门前旧军都，十年共崎岖，
本结弟兄交，死战誓不渝。今者见木兰，言声虽是颜貌
殊。惊愕不敢前，叹息徒嘻吁。世有臣子心，能如木兰节，
忠孝两不渝，千古之名焉可灭！①

　　《文苑英华》所收署名韦元甫作《木兰歌》（即《乐府诗集》
卷二十五《木兰诗二首》之一）：

　　唧唧何力力（或作历历。《乐府》作唧唧复唧唧。逯注：
作促织何唧唧），木兰当户织。不闻机杼声，唯闻女叹息。
问女何所思，问女何所忆。女亦无所思，女亦无所忆。昨
夜见军帖，可汗大点兵。军书十二卷，卷卷有爷名。阿爷

---

① 　（清）彭定求等编：《全唐诗》第9册，卷二七二，页3055，中华书局，1982
年版。

无大儿，木兰无长兄。愿为市鞍马，从此替爷征。东市买骏马，西市买鞍鞯。南市买辔头，北市买长鞭。旦辞爷娘去，暮宿黄河边。不闻爷娘唤女声，但闻黄河流水鸣溅溅。旦辞黄河去，暮至（一作宿）黑山头。不闻爷娘唤女声，但闻燕山胡骑鸣啾啾。万里赴戎机，关山度若飞。朔气传金柝，寒光照铁衣。将军百战死，壮士十年归。归来见天子，天子坐明堂。策勋十二转，赏赐（一作赐物）百千强。可汗欲与木兰官（一作可汗问所欲，又作欲与木兰赏），不用尚书郎（一作木兰不用尚书郎）。愿得鸣（一作借明）驼千里足（一作愿驰千里足），送儿还故乡。爷娘闻女来，出郭相扶将。阿姊闻妹来，当户理红妆。小弟闻姊来，磨刀霍霍向猪羊。开我东阁门，坐我西阁床。脱我战时袍，着我旧时裳。当窗理云发（一作鬓），挂（一作对）镜贴花黄。出门看火伴，火伴惊忙忙（一作始惊忙，又作皆惊忙）。同行十二年，不知木兰是女郎。雄兔脚扑握（一作朔），雌兔眼弥（一作迷）离。双兔傍地走，安能辨我是雄雌！ [①]

比较上引两首诗，可以明显地看出相同之处：第一，题材相同。两首《木兰歌》都取材于北方女子木兰女扮男装，替老父从军的故事。前一首谓："老父隶兵籍，气力日衰耗。岂足万里行，

① （宋）李昉等编：《文苑英华》第3册，卷三三三，页1733，中华书局，1966年影印本。

有子复尚少。……木兰代父去，秣马备戎行。"后一首言："军书十二卷，卷卷有爷名。阿爷无大儿，木兰无长兄。愿为市鞍马，从此替爷征。"诗中主人公均为木兰；木兰上有老父、下有小弟，两诗也同；老父为军户，一作"隶兵籍"，一作"军书十二卷，卷卷有爷名"，两诗不差；木兰代父从军，在北朝，从军出征要自备兵器和战马，一作"木兰代父去，秣马备戎行"，一作"愿为市鞍马，从此替爷征"。

第二，叙事情节相同。先叙木兰为何要女扮男装去从军，次叙出征前厉兵秣马，再叙从征经历。其进军路线，前首《木兰歌》的路线是"木兰抱杼嗟"之家—雪山—青海湖—燕支—于阗，"驰马赴军幕，慷慨携干将。朝屯雪山下，暮宿青海傍。夜袭燕支虏，更携于阗羌"，乃向西域的进军路线；后一首诗的进军路线有所改变，是北向燕山：家—黄河—黑山—燕山，"旦辞爷娘去，暮宿黄河边。不闻爷娘唤女声，但闻黄河流水鸣溅溅。旦辞黄河去，暮至（一作宿）黑山头。不闻爷娘唤女声，但闻燕山胡骑鸣啾啾"。次叙木兰脱下戎装，凯旋还乡，家人喜出望外、一齐迎接的情景。前者称："将军得胜归，士卒还故乡。父母见木兰，喜极成悲伤。木兰能承父母颜，却卸巾鞲理丝簧。昔为烈士雄，今为（一作复）娇子容。亲戚持酒贺，父母始知生女与男同。"后者谓："壮士十年归……爷娘闻女来，出郭相扶将。阿姊闻妹来，当户理红妆。小弟闻姊来，磨刀霍霍向猪羊。开我东阁门，坐我西阁床。脱我战时袍，着我旧时裳。当窗理云发（一作鬓），挂（一作对）镜贴花黄。"最后叙军中战友看到卸下戎装的木兰原来是女郎时惊愕、叹息的情景。前一首《木兰歌》是这样写的:"门前旧军都,十年共崎岖,本结弟兄交,死战誓不渝。今者见木兰,言声虽是颜貌殊。惊愕不敢前,叹息徒嘻吁。"后一首《木兰歌》描绘更生动:"出门看火伴,火伴惊忙忙(一作始惊忙,又作皆惊忙)。同行十二年,不知木兰是女郎。雄兔脚扑握(一作朔),雌兔眼弥(一作迷)离。双兔傍地走,安能辨我是雄雌!"情节稍有不同的是,后一首《木兰歌》增添了木兰还乡前见天子的场景,用以衬托木兰一心替父从军、为国尽忠、不图高官厚禄的高风亮节:"将军百战死,壮士十年归。归来见天子,天子坐明堂。策勋十二转,赏赐(一作赐物)百千强。可汗欲与木兰官(一作可汗问所欲,又作欲与木兰赏),不用尚书郎(一作木兰不用尚书郎)。愿得鸣(一作借明)驼千里足(一作愿驰千里足),送儿还故乡。"从以上比较能够得出结论,后一首《木兰歌》是从前一首《木兰歌》脱胎出来的。

为了进一步说明前一首《木兰歌》古意浓于后一首,保持着民歌的风格,而后一首则明显已经文人雕琢,我们从两首《木兰歌》语言风格及诗律宽严上作一番比较。第一首《木兰歌》的语言,质朴无华,如"木兰抱杼嗟,借问复为谁""老父隶兵籍,气力日衰耗。岂足万里行,有子复尚少""亲戚持酒贺,父母始知生女与男同""本结弟兄交,死战誓不渝。今者见木兰,言声虽是颜貌殊",皆近于口语。宋刘后村云:"《焦仲卿妻诗》,六朝人所作也；《木兰诗》，唐人所作也。《乐府》唯此二篇作叙事体，有始有卒，虽辞多质俚，然有古意。"①

　　同样的话语，与之相比，后一首《木兰歌》的遣词造句就显得优美、文雅、流畅。它把开头一句"木兰抱机杼，借问复为谁"生发成"唧唧何力力，木兰当户织。不闻机杼声，唯闻女叹息"，诗味显得更浓。再如同样描述木兰因父老、弟小下决心从军这件事，前一首写道，"老父隶兵籍，力力日衰耗。岂足万里行，有子复尚少"，语言质朴无华；而后一首语言文字却写得很生动："昨夜见军帖，可汗大点兵。军书十二卷，卷卷有爷名。阿爷无大儿，木兰无长兄。愿为市鞍马，从此替爷征。"至于木兰还乡，亲人阔别十年重逢的欣喜场面，前一首仅用"父母见木兰，喜极成悲伤"一句带过，而后一首却运用描写手法大加渲染："爷娘闻女来，出郭相扶将。阿姊闻妹来，当户理红妆。小弟闻姊来，磨刀霍霍向猪羊。"与民歌风格迥异，显见得经文人润色的痕迹。

　　其次，前一首《木兰歌》的节律不严，不像第二首《木兰歌》明显杂有唐诗格调的诗韵，如："万里赴戎机，关山度若飞。朔气传金柝，寒光照铁衣。将军百战死，壮士十年归。归来见天子，天子坐明堂。策勋十二转，赏赐（一作赐物）百千强。"宋严羽《沧浪诗话·诗辨》评论道："《木兰歌》最古，然'朔气传金柝，寒光照铁衣'之类，酷似太白，必非汉魏人诗也。《木兰歌》，《文苑英华》直作韦元甫名字；郭茂倩《乐府》有两篇，其后篇乃元

---

① （宋）刘克庄：《后村诗话》前集，页5，中华书局，1983年版。

甫所作也。"①这是很有见地的。不唯宋人持此观点，明代文人也有同样看法。明高棅《唐诗品汇》卷三十七《姓氏疑误者五人·韦元甫》："郭茂倩《乐府》载《木兰词》有二篇，前一篇必古辞，后一篇或如《文苑英华》云韦元甫之作。"②

此外，前后两首《木兰歌》行军方向有所不同，前者向西域（在中原王朝西北），后者向燕山（在中原王朝东北），行军方向改变，疑与唐人对民歌修改有关。

值得注意的是，前一首《木兰歌》总字数为 290 字，而后一首居然增加到 496 字！即几乎增加了一倍，对北朝本色民歌《木兰歌》的加工十分明显。

综上所论，《全唐诗》所收《木兰歌》即《乐府诗集》所收第二首《木兰诗》，当为古辞，即北朝本色民歌；而《文苑英华》所收韦元甫《木兰歌》即《乐府诗集》所收第一首《木兰诗》，乃唐代文人在北朝本色民歌《木兰歌》基础上雕琢润色而成。由此可以得出结论：《全唐诗》卷所收署名"韦元甫"《木兰歌》，非唐诗，属张冠李戴，应撤掉，而代之《文苑英华》所收署名"韦元甫"《木兰歌》。

---

①　（宋）严羽《沧浪诗话》，载《宋诗话全编》第9册，页8731，江苏古籍出版社，1998年版。

②　（明）高棅编：《唐诗品汇》卷三十七《姓氏疑误者五人·韦元甫》，刊《文渊阁四库全书》第1371册，页466。此外，《沧浪诗话》和《唐诗品汇》中提到《乐府》中的两首《木兰诗》时，前、后篇疑有误，或韦元甫所作者应为前篇。

二、名物制度比较研究

为便于比较，本文先探索《全唐诗》所收《木兰歌》（即《乐府诗集》所收《木兰诗》之第二首）中有关的名物制度。此首以"木兰抱杼嗟"开头的《木兰歌》古意浓，是一首质朴的北朝民歌，未经文人加工，涉及的名物制度很少，但也有一些，如：

①"老父隶兵籍"。说明木兰父亲是"兵户"。北朝的兵役制，有世兵制和番兵制，隶军籍者，称"营户"，或称"兵户"。《北史》卷三《高祖纪》："徙其遗迸于冀、定、相三州，为营户。"①《魏书》卷六十八《高聪传》："聪徙入平城，与蒋少游为云中兵户，窘困无所不至。"②

②"驰马赴军幕"。木兰是以骑兵从征的，这也符合北朝军队以骑兵为主的特点。拓跋鲜卑族和北方草原上的各游牧部落民族，擅长骑马射箭，体格强壮，适合在广阔的草原、平地上纵横驰骋。因此，北朝诸王朝军队，多以骑兵为第一兵种。他们看重骑兵，"征伐之举，要须戎马，如其无马，事不可克"③。

③"暮宿青海傍。夜袭燕支虏，更携于阗羌"。"青海"即青海湖。北魏时，燕支为凉州番和郡的属县④，境内有燕支山。隋大业三年（607），隋炀帝曾西巡河西走廊至燕支山："大业三年，

①　《北史》卷三《高祖纪》，页87，中华书局，1974年版。
②　《魏书》卷六十八《高聪传》，页1520，中华书局，1974年版。
③　《魏书》卷十四《元丕传》，页359，中华书局，1974年版。
④　《魏书》卷一〇六《地形志》下，页2623，中华书局，1974年版。

帝西巡，次燕支山。高昌王、伊吾设等及西蕃胡二十七国，谒于道左。"[1] 于阗国，位于天山南路，在今和田市。在汉朝，于阗国"南与婼羌相接"[2]，其后，北魏拓跋鲜卑仍习称活动于于阗地区的羌人为"于阗羌"。北魏在统一北方过程中，柔然是它最强劲的对手，双方屡屡发生战争。木兰从军，在十余年征战中，曾在青海湖至焉耆、于阗一带与柔然、羌交战，是完全有可能的。"暮宿青海傍。夜袭燕支虏，更携于阗羌"，反映的正是这种情景。杜士铎《北魏史》有这样的记载："经过二十多年征战，到孝明帝正光年间 (520—524)，北魏时期的疆域……大致是：东至今渤海和黄海西岸；西至乌鲁木齐西南焉耆县的天山山脉与昆仑山之间；西南至青海湖以东。"[3]

④"将军得胜归"。在北朝武官制中，将军是最常见的名号，以北魏为例，从一品到九品都有各种冠以美名的将军。《魏书·官氏志》："大将军、骠骑将军、车骑将军、卫将军，右第一品下……显武将军、直阁将军，右从第三品下……广野将军、横野将军、偏将军、裨将军，右第九品上。"[4]《木兰歌》中的将军，是泛指木兰作为武官升为将军，但未确指是哪个品级的将军。

⑤"门前旧军都，十年共崎岖"。何谓"军都"？这应是一个下层武官名，但在唐宋官制中不见有此官，在北魏武官中也未

① 《隋书》卷六十七《裴矩传》，页1580，中华书局，1973年版。

② 《汉书》卷九十六上《西域传·于阗国》，页3881，中华书局，1974年版。

③ 杜士铎主编：《北魏史》，页174，山西高校联合出版社，1992年版。

④ 《魏书》卷一一三《官氏志》，页2977、2981、2992，中华书局，1974年版。

见"军都"之名，仅有某"将军都将"之名，如"内将军都将入备禁中""拜都幢将，封暨阳子，卒于中军都将"①。疑"军都"为"将军都将"之省称，诗句中为省文，用"军都"二字来概括"将军都将"，它为将军之属官。据此，"门前旧军都，十年共崎岖"之"旧军都"，可理解为曾随木兰将军征战十余年的下属都将，即她的伙伴，也是她的战友和下级。

下面探讨《文苑英华》所收以"唧唧何力力"开头的《木兰歌》，即《乐府诗集》所收"唧唧复唧唧"开头的《木兰诗》中明显掺入唐代名物制度的句子：

①"可汗大点兵"。《全唐诗》所收《木兰歌》无"可汗"之称，《文苑英华》所收以"唧唧何力力"开头的《木兰歌》增加了"可汗"的称呼。"可汗"是北朝以来西北地区少数民族对君主的称呼，至唐也如此。《资治通鉴》卷七十七《魏纪·元皇帝上·景元元年三月》："鲜卑索头部大人拓跋力微始遣其子沙漠汗入贡，因留为质。力微之先世居北荒，不交南夏。至可汗毛，始强大。"胡注："可汗，北方之尊称，犹汉时之单于也。宋白曰：'虏俗呼天为可汗。可，读如渴，汗，何干翻。'"②隋唐出使突厥的使者，或称突厥可汗为"天子可汗"。《册府元龟》卷六五二《奉使部》："长孙晟，开皇四年，为奉车都督副尚书右仆射虞庆则使突厥摄图，赐宇文公主姓为杨氏，千金公主改封大义公主。摄图奉诏不肯起

①　《魏书》卷十五《昭成子孙传》，页372、375，中华书局，1974年版。

②　《资治通鉴》卷七十七，页2459，中华书局，1956年版。

拜。晟进曰：'突厥与隋俱是大国，天子可汗不起，安敢违意？'……于是乃拜。"①

②"暮至（一作宿）黑山头。不闻爷娘唤女声，但闻燕山胡骑鸣啾啾"。这句诗中的地名"黑山""燕山"，显然是唐人出于对"燕支"的误读，把西北地区的燕支认为是北方的燕山。燕山，在今天津蓟州区一带。由于行军方向理解为指向燕山，随之就有了"暮至（一作宿）黑山头"的联想。黑山，即今河北昌平天寿山，或说指杀虎山（在今内蒙古呼和浩特东），《御批历代通鉴辑览》载："回鹘乌介可汗侵逼……大破之于杀虎山，可汗被创遁去。批注：'杀虎山即黑山，今归化城界。'"②不论哪一说，"燕支"在中国西部，"燕山"中国北部，这是不争的事实。《文苑英华》所收首句为"唧唧何力力"的《木兰歌》，即《乐府诗集》所收"唧唧复唧唧"开头的《木兰诗》，将木兰行军方向完全篡改了。

③"天子坐明堂"。"天子"通常为古代中国国君与皇帝的别称。《左传·成公八年》："秋七月，天子使召伯来赐公命。"杜预注："天子，天王，王者之通称。"③作为天下共主的周王，已有天子之尊称。这是先秦的称谓。自秦始皇定皇帝称号之后，

① （宋）王钦若等编：《册府元龟》卷六五二《奉使部》，页7814，中华书局，1982年影印本。
② （清）傅恒等编：《御批历代通鉴辑览》卷六十一《唐武宗·会昌三年春正月》，刊《文渊阁四库全书》第337册，页429。
③ （晋）杜预：《春秋左传集解》卷十二《成公八年》，页691，上海人民出版社，1977年版。

天子即为皇帝的别称。《史记·秦始皇本纪》："太子胡亥袭位，为二世皇帝……贵为天子，富有天下，身不免于戮杀者。"[①]《旧唐书·太宗纪》："大业末，炀帝于雁门为突厥所围，太宗应募救援……曰：'始毕可汗举国之师，敢围天子。'"[②] 其实，少数民族政权的国主称可汗，也含有天、天子之意，故有"天子可汗"之称。然而，在历代史籍中，秦汉以后，"天子"作为中国王朝"皇帝"的别称，则是十分明确的。

至于"明堂"，西周始有明堂之建。《周礼·考工记·匠人》："周人明堂……五室。"[③]《礼记·明堂位》："成王幼弱，周公践天子之位，以治天下，朝诸侯于明堂，制礼作乐，颁度量，而天下大服。"[④] 此后，明堂之制虽有废有立，却延续二千多年而不绝，它作为中国古代社会重要的宫室制度，一直为历代皇帝、百官所重视。即如与《木兰歌》产生的时代相关的北朝至大唐，同样有明堂之建。《魏书·高祖纪》下："（太和十五年）十月，明堂、太庙成……十六年春正月戊午朔……宗祀显祖献文皇帝于明堂，以配上帝。遂升灵台，以观云物，降居青阳左个，布政事。每朔依以为常。"[⑤] 北魏虽为拓跋鲜卑族所建政权，但仍仿汉制

---

① 《史记》卷六《秦始皇本纪》，页265、284，中华书局，1959年版。

② 《旧唐书》卷二《太宗纪》，页21，中华书局，1975年版。

③ （汉）郑玄注，（唐）贾公彦疏：《周礼注疏》卷四十一《冬官考工记》下《匠人》，页291，《十三经注疏》本，中华书局，1980年影印本。

④ （汉）郑玄注，（唐）孔颖达疏：《礼记正义》卷三十一《明堂位》，页1487、1488，《十三经注疏》本，中华书局，1980年影印本。

⑤ 《魏书》卷七《高祖纪》下，页168、169，中华书局，1974年版。

建立明堂，作为祭祖和月朔布政之地。《旧唐书》本纪第六《则天皇后》："（垂拱）四年，毁乾元殿，就其地造明堂……永昌元年春正月，神皇帝亲享明堂，大赦天下，改元。"[①] 唐乾元殿，本是皇帝上朝的正殿，武则天是女皇，她感到乾元之名属阳而不属阴，所以毁之，而建明堂以代之。关于明堂的职能，学术界历来有争论。但自西周以来，明堂主要作为布政之地和祭祖场所，并以祭祖为核心的功能，这是没有疑问的。从广义来说，明堂这一朝廷特殊的宫室，所发挥的职能是多方面的，诚如汉蔡邕《明堂月令章句》所言："明堂者，天子大庙，所以祭祀、飨功、养老、教学、选士，皆在其中。"[②] 因此，《木兰歌》中从诗歌押韵遣词考虑，用明堂作为朝廷赏军功之所，并无不合理之处。

④ "策勋十二转"。"勋"，勋级。唐制勋级，自最低之一转武骑尉至最高一转上柱国，共十二转："司勋郎中一人，员外郎二人，掌官吏勋级，凡十有二转为上柱国，视正二品；十有一转为柱国，视从二品；十转为上护军，视正三品……二转为云骑尉，视正七品；一转为武骑尉，视从七品。"有学者以为"十二转"是表示级高的意思，非确指，不能说明是唐官制。如《中国历代文学作品选》二《诗歌·乐府民歌二十九首》之《木兰诗》注16："策勋，记功劳。这里'十二转'和上文'军书十二卷'

---

① 《旧唐书》卷六《则天皇后》，页118、119，中华书局，1975年版。

② （汉）蔡邕：《明堂月令章句》，转引自元马端临《文献通考》卷七十三《郊社》六《明堂》，页666，中华书局，1986年影印本。

的‘十二’、下文‘同行十二年’的‘十二’都是泛言其多，并非确指。转，当时将勋位分成若干等，每升一等叫做一转。"①《历代诗歌选》之《南北朝乐府民歌·木兰诗》的注 17 中编者也作如是观："策勋：记功。转，升级。十二：形容功大级高。"②如此解释，是值得商榷的。因为《中国历代文学作品选》编者承认"当时勋位分成若干等"，那么，试问"当时"指何时？依行文看来，没有说明是唐朝，而通篇是作北朝民歌在阐释的，显然是指北朝。然而，北朝时，却未有勋级官制，所以这个"当时将勋位分成若干等"就落空了。且"十二转"之"转"，分明是名词；如作动词"升级"解，那么，"策勋十二转"只能作"授木兰功勋十二次升等"来理解了，这当然不符合原意，而且说不通。诗句中明明有符合唐朝的官制，为什么要避开呢？说到底，这涉及该诗创作年代问题，编者从肯定《木兰诗》为北朝民歌观点出发，结果就有上面对唐代名物制度视而不见的注解。清代著名学者阎若璩对此有发人深省的见解，他说："又按《木兰诗》，有谓必出晋人者，或曰自是齐梁本色。惟《文苑英华》作唐韦元甫。余谓唐是也。亦以实证：《唐书·百官志》司勋掌官吏勋级，凡十有二转为上柱国，十有一转为柱国，以至一转为武骑尉，皆以授军功。《诗》云‘策勋十二转’，非作于唐人而何？要之，木兰

---

① 朱东润主编：《中国历代文学作品选》上编第2册，页392，上海古籍出版社，1991年版。

② 季镇淮等主编：《历代诗歌选》第1册，页243，中国青年出版社，1980年版。

之人与事，则或出代魏间。"① 笔者以为，这个见解，是符合《文苑英华》所录《木兰歌》（按：非《全唐诗》所收那首《木兰歌》）的原意的。

⑤ "可汗欲与木兰官，不用尚书郎"。"尚书郎"在北朝为常见官。如《魏书·太祖道武帝纪》："初建台省，置百官，拜公侯、将军、刺史、太守，尚书郎以下悉用文官。"② 唐代为尚书郎中、尚书员外郎通称。如柳宗元在贞元革新时，曾擢为礼部员外郎，省称尚书郎："（贞元九年）擢礼部员外郎，欲大进用，俄尔王叔文败……贬永州司马。既窜斥……诒书言情曰：'臣为尚书郎时，曾著《贞符》。'"③

⑥ "愿得鸣驼千里足"。《文苑英华》作"鸣驼"，《乐府诗集》作"明驼"。北魏时确有'鸣驼'之称："后魏孝文帝定四姓，陇西李氏大姓，恐不入，星夜鸣驼倍程至洛，时四姓已定讫，故至今谓之驼李焉。"④ 唐人则多用'明驼'之名。唐段成式《酉阳杂俎》卷十六："驼，性羞。《木兰篇》'明驼千里脚'多误作'鸣'字。驼卧，腹不帖地、屈足漏明，则行千里。"⑤ 宋罗愿《尔

---

① （清）阎若璩：《尚书古文疏证》卷五下，刊《文渊阁四库全书》第66册，页272。

② 《魏书》卷二《太祖道武帝纪》，页27，中华书局，1974年版。

③ 《新唐书》卷一六九《柳宗元传》，页5133、5136，中华书局，1975年版。

④ （唐）张鷟：《朝野佥载》卷一，刊《唐五代笔记小说大观》上册，页9，上海古籍出版社，2000年版。

⑤ （唐）段成式：《酉阳杂俎》卷十六，刊《唐五代笔记小说大观》上册，页9，上海古籍出版社，2000年版。

雅翼》卷二十二《驼》："战国时已入中国矣。其卧腹不贴地、屈足为漏明者曰明驼，能行千里。《古乐府》云'明驼千里足，送儿还故乡'，多误作'鸣'字。唐天宝间，岭南贡荔枝杨贵妃，使明驼使驰赐安禄山。明驼使，日驰五百里。'明驼'亦或作'鸣驼'。"① 笔者以为两者乃异名同物，北魏时作"鸣驼"，至唐代多作"明驼"。

至此，我们可以就《全唐诗》所收韦元甫《木兰歌》，即《乐府诗集》所收《木兰诗》之二，与《文苑英华》所收韦元甫《木兰歌》，即《乐府诗集》所收《木兰诗》之一，在名物制度方面进行异同比较分析。为叙述方便，前一首《木兰歌》直称《木兰歌》，后一首则称《木兰诗》

第一，关于木兰征战的方位。前一首，据"朝屯雪山下，暮宿青海傍。夜袭燕支虏，更携于阗羌"，当在中国西北部（今青海、甘肃至新疆一带），即在古代之西域。而后一首，却把"燕支"改成"燕山"，变成了在中国北部，于是"黑山"也在诗中出现了："旦辞黄河去，暮至（一作宿）黑山头。不闻爷娘唤女声，但闻燕山胡骑鸣啾啾。"这全然是今北京以北至内蒙古一带辽阔的北方区域的景象。此外，《木兰歌》中明确提到"燕支虏""于阗羌"，而《木兰诗》则变成了"燕山胡骑"。也就是说，后一首《木兰诗》把北朝统一北方战争的西北战场，更换成唐前期与东突厥争斗的

① （宋）罗愿：《尔雅翼》卷二十二《驼》，刊《文渊阁四库全书》第222册，页445。

北方战场。

第二，关于木兰所在国国主的称谓。前一首《木兰歌》没有提及国主名称，后一首《木兰诗》增添了"可汗""天子"的称谓。疑修改者为提高木兰这位女英雄的社会地位，特意增加国主赏赐木兰的情节，于是以北朝人的口气，用"可汗"称国主，又因诗中两处提及木兰所在国国主，为了避免用词重复，遂改用"天子"之号。通常，天子为中原王朝皇帝之别称，然"可汗"为汉译音，本义即含"天""天子"之义，也说得过去。

第三，关于"天子坐明堂"。"天子坐明堂"，等于"皇帝坐朝廷"。不过，讲究词藻的文人，在诗歌中总要设法把"皇帝坐朝廷"这样的大实话，改得雅致一点。经润色，改成"天子坐明堂"，融入诗歌中既押韵，又显得古雅，自然比"皇帝坐朝廷"强。一般来说，无论北朝还是唐朝，布政应在正殿，然而，月朔临时在明堂布政、赏功也是可能的。这样写有其合理性。显然，这是文人的笔法，民歌是决然不可能想到"明堂"赏功的。

第四，关于"策勋十二转"。这也是经文人修改后加上去的，为《木兰歌》所无。"策勋十二转"，意指天子赏赐木兰最高勋级第十二转——上柱国。勋级共分十二转，为唐制，上文已有较详尽分析，此处不再展开。

第五，关于"可汗欲与木兰官，不用尚书郎"。这句话也是后一首《木兰诗》才有的，皆围绕着新增的天子赏木兰军功这一情节。"尚书郎"为北朝常见中央朝官，唐代文人在为民歌加工时，正如今人创作历史题材的作品，用事典尽量贴近北朝之制，这是可以想见的。

第六，关于"愿得鸣驼千里足"。此句前一首《木兰歌》无，后一首《木兰诗》有，也是后人对本色民歌加工的痕迹。宋郭茂倩编《乐府诗集》所录《木兰诗》原作"愿驼千里足"，又注明唐段成式《酉阳杂俎》作"愿借明驼千里足"，现流行的版本皆用"愿借明驼千里足"。"愿得鸣驼千里足"，出自宋太宗时编《文苑英华》之《木兰歌》。"鸣驼"与"明驼"略有差别，前者为北魏时用语，后者为唐人用语。不论使用哪个名称，都是对北朝本色民歌《木兰歌》的加工。

综上所述，已不难得出结论：《全唐诗》所收署名韦元甫《木兰歌》、《乐府诗集》所收《木兰诗》之二，应是北朝本色民歌；而《文苑英华》所收署名韦元甫《木兰歌》、《乐府诗集》所收《木兰诗》之一，即现在各种古典文学作品选本采用的《木兰诗》，显然是唐代文人对《木兰歌》加工润色的集体创作。

余　论

通过上面讨论，我们已经得出结论：《全唐诗》所收以"木兰抱杼嗟"开头的署名韦元甫的《木兰歌》，属北朝本色民歌；而《文苑英华》所收以"唧唧何力力"（《乐府诗集》作"唧唧复唧唧"）开头署名韦元甫的《木兰歌》，是唐代文人对北朝民歌加工润色的集体创作。

　　现在还有一个问题：两首《木兰歌》既有创作和修改时代的差别，为何《全唐诗》和《文苑英华》皆署名唐韦元甫呢？笔者认为，很可能是韦元甫在浙江西道观察使任上采风时收集到这首《木兰歌》，"续附入"（参宋郭茂倩《乐府诗集》卷二十五《木兰诗二首》题注），继而为宋代《文苑英华》《乐府诗集》所收录；而后，又为清康熙时彭定求等编纂《全唐诗》时收入。《文苑英华》署名韦元甫，其下有一个注："郭茂倩《乐府》不知名，韦元甫续附入。"《全唐诗》所选《木兰歌》却与《文苑英华》不同，盖编者以为郭茂倩《乐府诗集》所收二首《木兰诗》，以"木兰抱杼嗟"更为古朴、近于民歌，遂择录，另一首则放弃了。至于该诗作者则沿袭《文苑英华》署名韦元甫，未加任何注，十分肯定。那么，《文苑英华》那首经唐人修改过的《木兰歌》署名韦元甫，正确吗？对此，宋人亦已怀疑，即如选本甚精、影响很大的《乐府诗集》，就据陈释智匠编《古今乐录》，认为《木兰诗》作者不知名，长期流传程中，为唐韦元甫在浙江西道观察使任上采风时收录，"续附入"，否定了韦元甫为《木兰诗》作者，故郭茂倩将两首《木兰诗》皆以"古辞"署名。《木兰诗》署名韦元甫，根子在《文苑英华》，其编者未辨韦元甫系采风收录者而非作者，径直署上韦元甫名。除《乐府诗集》已作更正外，宋彭叔夏《文苑英华辨证》也指出："韦元甫《木兰歌》：按刘氏次庄、郭氏《乐府》并云'古词'无姓名。郭氏又曰：'《古今乐录》云：《木兰》

不知名。浙江西道观察使兼御史中丞韦元甫续附入。'则非元甫
作也。"①

　　余下的问题是韦元甫采集了两首《木兰歌》中的哪一首？是
《乐府诗集》两首《木兰诗》中的第一首还是第二首？这已难考证。
但《全唐诗》所收《木兰歌》为北朝本色民歌，已经辨明，将其
收入《全唐诗》，显属误收，连及韦元甫之名也属误署，应毋庸
置疑。

　　（原载《浙江大学学报（人文社会科学版）》2010年第
1期，人大复印资料《中国古代、近代文学研究》2010年第6
期全文转载）

---

① 　（宋）彭叔夏：《文苑英华辨证》卷五《名氏》二，刊《文渊阁四库全书》第1342
册，页763。

唐诗中"少府"是何官?
——从喻守真《唐诗三百首详析》说起

喻守真《唐诗三百首详析》,是 20 世纪 40 年代由中华书局出版的注本,1957 年出过第二版,曾获得读者欢迎和好评,一印再印,是《唐诗三百首》一个较好的注本,给读者阅读《唐诗三百首》带来很大方便。不过,其中瑕疵也不可免,比如对唐朝一些官名的解释,就有未妥之处。

该书中王昌龄《同从弟南斋玩月忆山阴崔少府》:"高卧南斋时,开帷月初吐。清辉淡水木,演漾在窗户。苒苒几盈虚?澄澄变今古。美人清江畔,是夜越吟苦。千里共如何?微风吹兰杜。"诗中千里外的"美人",即指山阴县的崔少府。那么"崔少府"担任的是什么官呢?喻氏注释道:"少府,官比县长略小。"这个解释,让读者仍不得其解。

据《旧唐书·职官志》三:"诸州上县:令一人,从六品上;丞一人,从八品下;主簿一人,正九品下;尉二人,从九品上。

录事二人，司户、司法、仓督二人，典狱十人，问事四人，白直十人，市令一人，博士一人，助教一人。"会稽郡山阴县，紧县，"其赤、畿、望、紧等县，不限户数，并为上县"（《唐会要》卷七十《量户口定州县等第例》）。即是说，唐山阴县县官之属，在县令（从六品上）之下，有县丞（从八品下）一人，县主簿（正九品下）一人，县尉（从九品上）二人。此外有不入流品之录事、司户、司法等属员。那么，王昌龄诗中"崔少府"到底在山阴县担任何官？回答这个问题的关键在于要搞清"少府"是什么含义。

"少府"之称，在《全唐诗》中比比皆是，例如：

杜甫《白水崔少府十九翁高斋三十韵》《路逢襄阳杨少府入城戏呈杨四员外绾》《凭韦少府班觅松树子栽》、李白《送杨少府赴选》，白居易《赠苏少府》《酬李少府曹长官舍见赠》，项斯《送顾少府》等等，举不胜举。

可见，"少府"是唐人常用来称呼的一种官名，但它不是正式官名，而是职官别名。宋周煇《清波杂志》卷十："古治百里之邑，令拊其俗，尉督其奸，故令曰明府，尉曰少府。"宋洪迈《容斋随笔》卷一《赞公少公》："唐人呼县令为明府，丞为赞府，尉为少府。"又，项斯《送顾少府》："作尉年犹少，无辞去路赊。渔舟县前泊，山吏日高衙。"诗中之"作尉""县前"，即是对诗题中"顾少府"任官县尉的表述。

由此可知，"少府"为唐代县尉之别名。王昌龄《同从弟南斋玩月忆山阴崔少府》中的崔少府，既非县主簿，亦非县丞，而是山阴县县尉崔某；其官品为从九品上，与县长的从六品上比，差三品。岂能含糊其词地说"比县长略小"呢？

这也给我们启示：读唐诗，真正要读懂，还必须了解唐代官制和职官别名。

谈谈古代"三公"的正官与别称

  "三公官",古官也,资格老,名气大,但从"实用"到"不实用",几千年来,经历了风风雨雨大变化。其名称在不同时期、不同场合,有不同含义。有时"三公"正称与别称混在一起,后人读史籍,亟须区别与厘清。

  关于"三公官",最早有"太师、太傅、太保"之说法,实出于古文《尚书·周官》:"惟周王抚万邦,巡侯甸……立太师、太傅、太保,兹惟三公。论道经邦,燮理阴阳。官不必备,惟其人。"①因《周官》制作年代难以考定,未能据此确定西周已设置"三公官"。即使是东汉史家班固,对周代到底有没有"三公官",也拿不定主意,他所撰《百官公卿表》,一面依《周官》谓"太师、太傅、太保是为三公。盖参天子,坐而议政,无不总统,故不以一职名官",

---

① (汉)孔安国传、(唐)孔颖达疏:《尚书正义》卷十八《周官》,页235,《十三经注疏》本,中华书局,1980年影印本。

一面又称"或说司马主天、司徒主人、司空主土，是为三公"。[①]
后一说出自西汉韩婴《韩诗外传》，原文是："三公者何？曰司
马、司空、司徒也。司马主天、司空主土、司徒主人。故阴阳不和，
四时不节，星辰失度，灾变非常，则责之司马；山陵崩竭，川谷
不流，五谷不植，草林不茂，则责之司空；君臣不正，人道不和，
国多盗贼，下怨其上，则责之司徒。"[②]此两说相比，从名到实，
大相径庭。前者即《周官》所谓"三公官"，无具体分工，职能
含糊，既像天子顾问，又像秦汉以后之丞相；而《韩诗外传》所
称"三公"，则分工明确，司马主天、司徒主人、司空主土。司马、
司徒、司空三官，见于《尚书·牧誓》"嗟！我友邦冢君、御事、
司徒、司马、司空、亚旅、师氏"[③]，却属于军职，不是"三公"。
在《尚书·周官》中，司徒、司马、司空三官则属六卿："冢宰
掌邦治……司徒掌邦教……宗伯掌邦礼……司马掌邦政……司寇
掌邦禁……司空掌邦土，居四民，时地利。六卿分职，各率其属。"[④]
以上不同说法，无非表明先秦、秦汉学者对周王朝究竟有无"三
公官"之设，并无把握，各自编撰一套以附《周官》《周礼》"三
公六卿"之说。班固着实无法确定周朝"三公官"是何名目，故

---

① 《汉书》卷十九上《百官公卿表》上，页722，中华书局，1962年版。

② （汉）韩婴：《韩诗外传》卷八，页59，汉魏丛书本，吉林大学出版社，1992年影
印本。

③ （汉）孔安国传、（唐）孔颖达疏：《尚书正义》卷十一《牧誓》，页183，
《十三经注疏》本，中华书局，1980年影印本。

④ （汉）孔安国传、（唐）孔颖达疏：《尚书正义》卷十八《周官》，页235，
《十三经注疏》本，中华书局，1980年影印本。

而又引用《礼记》的说法："三公无官，言有其人然后充之，舜之于尧，伊尹于汤，周公、召公于周，是也。"[1] 尧舜时代设官分职，难以稽考，暂且勿论。关于伊尹，司马迁说："伊尹为阿衡……负鼎俎，以滋味说汤，致于王道。"[2]《韩非子》谓："伊尹以中国为乱，道为宰于汤；百里奚以秦为乱，道为虏于穆公。"[3] 可见，伊尹之职实为商汤之"庖宰"，并无"三公"之名。其时，"三公"为尊称，据《史记》所转述的《汤诰》，其中提及"古禹、皋陶久劳于外……后稷降播，农殖百谷，三公咸有功于民"。[4] 此"三公"显指禹、皋陶、后稷三人，殷商人祭祖尊称先祖为"公"，移称禹为禹公、皋陶为皋陶公、后稷为后稷公，合称"三公"，这与所谓太师、太傅、太保、司马、司徒、司空无涉。至于周公、召公于周称"三公"，又是什么含义呢？据《史记·周本纪》，周公、召公在周武王时，周公任"辅"，召公无具体官衔："武王即位，太公望为师，周公旦为辅，召公、毕公之徒左右王，师修文王绪业。"[5] 亦无太师、太傅、太保之名。值得注意的是，在西周"师"与"太师"为两官，"太师"与"少师"同为乐官。在周成王时，"召公为保，周公为师"，也不称太保、太师。在西周，辅佐周

[1]　《汉书》卷十九上《百官公卿表》上，页722，中华书局，1962年版。
[2]　《史记》卷三《殷本纪》，页94，中华书局，1975年版。
[3]　陈奇猷校注：《韩非子集释》卷十五《难一》，页809，上海人民出版社，1974年版。
[4]　《史记》卷三《殷本纪》，页97，中华书局，1975年版。
[5]　《史记》卷三《殷本纪》，页120，中华书局，1975年版。

王的"师""保"，别称"相"："召公、周公二相行政，号曰'共和'……宣王即位，二相辅之，修政。"① 这是司马迁承继了《尚书·君奭》的说法："召公为保，周公为师，相成王为左右。"② 总之，两汉著名史家司马迁、班固都没有将"三公"与太师、太傅、太保或司马、司徒、司空画上等号。所以，班固在《百官公卿表》中，客观地陈述了当时关于"三公"的几种不同说法，却难以尊一以后，感叹："自周衰，官失而百职乱！"

不过，司马迁、班固两位史家所述及的先秦概念中，"三公"乃指辅佐周王的相，已无庸置疑。这也可从《公羊传》记载得到印证："诸公者何？诸侯者何？天子（按：诸侯称周王为天子）三公称公，王者之后称公，其余大国称侯，小国称伯、子、男。天子公者何？天子之相也。天子之相则何以三？自陕而东者，周公主之；自陕而西者，召公主之；一相处乎内。"③ 汉蔡邕、应劭等学者也作如是观："五等爵之别名：三公者，天子之相。相，助也，助理天下。"④ 蔡邕认为"三公"之"公"，属公爵，周王三公别名"天子之相"。汉韩婴把"天子三公"与"诸侯之相"

---

① 《史记》卷四《周本纪》，页144，中华书局，1975年版。

② （汉）孔安国传、（唐）孔颖达疏：《尚书正义》卷十六《君奭》，页223，《十三经注疏》本，中华书局，1980年影印本。

③ （汉）何休注、（唐）徐彦疏：《春秋公羊传注疏》卷三《隐公五年》，页2207，《十三经注疏》本，中华书局，1980年影印本。

④ （汉）蔡邕：《独断》上，页183，汉魏丛书本，吉林大学出版社，1992年版。

等同视之："天子三公，诸侯一相，大夫擅官，士保职。"①

　　天子之相称"三公"，为春秋战国及秦汉所沿用。秦武王二年（前309），"初置丞相"②。秦朝丞相官，或称"三公"，《盐铁论·毁学篇》："昔李斯与包丘子俱事荀卿，既而李斯入秦，遂取三公。"③此"三公"，即指李斯位至丞相。李斯入秦，秦王嬴政"卒用其计谋，官至廷尉，二十余年，竟并天下，尊主为皇帝，以斯为丞相。"④金少英在《秦官考》一文中得出结论，认为秦代不置"三公"，但以丞相别称"三公"："三公　按《御览》卷二〇五引《六典》：'汉承秦制，不置三公。'……秦亦有师傅官，但秦人所谓'三公'，则指丞相等官。《史记·白起列传》纪苏代说秦相应侯曰：'赵亡，则秦王王矣，武安君为三公。'"⑤在西周，天子三公，诸侯二命卿。故晋荀悦说："秦本次国，命卿二人，故置左右丞相，无三公官。"⑥西周时，天子之"三公"地位相当于诸侯国之命卿，都为君主之相。唯其如此，秦朝不立三公，但设丞相、御史大夫，相当于周朝时之诸侯二命卿，故秦朝之丞相、御史大夫也习称"三公"。清赵翼说："汉承秦制，

① 　（汉）韩婴：《韩诗外传》卷五，页49，汉魏丛书本，吉林大学出版社，1992年影印本。

② 　《史记》卷五《秦本记》，页209，中华书局，1975年版。

③ 　王利器点校：《盐铁论》卷四《毁学》，页229，中华书局，1992年版。

④ 　《史记》卷八十七《李斯传》，页2546，中华书局，1975年版。

⑤ 　金少英：《秦官考》，见（清）孙楷著、徐复订补《秦会要订补》附录，页464，上海古籍出版社，1998年版。

⑥ 　见（清）孙楷著、徐复订补《秦会要订补》卷十四《职官》上《三公》补注转引，页199，上海古籍出版社，1998年版。

设丞相、御史大夫，以理朝政，谓之二府。刘向封事所云'今二府奏佞谄，不当在位'是也。亦称三公，汉晁错之父谓错曰：'人口议，多怨公者。'以父而呼子为公，徐平远曰：'御史大夫，三公也。'错父盖以官称之。"①从上所述，自西周至秦帝国，史籍所见之三公，均为天子之相和秦朝丞相之尊称，而非正称。

西汉立国之初，官制袭用秦制："相国，丞相，皆秦官。金印紫绶，掌丞天子助理万机。秦有左、右，高帝即位，置一丞相，十一年更名相国，绿绶。孝惠、高后置左、右丞相……御史大夫，秦官。位上卿，银印青绶，掌副丞相。"②秦不设"三公"，西汉也不置"三公"，但周、秦以来以"三公"视丞相的观念不变。如汉武帝以公孙弘为御史大夫、丞相，汉人皆以公孙弘为"三公"："汲黯曰：'弘位在三公，奉禄甚多，然为布被，此诈也。'上问弘，弘谢曰：'有之……今臣弘位为御史大夫，而为布被……'天子以为谦让，愈益厚之，卒以弘为丞相，封平津侯。"③司马迁称公孙弘为"天子三公"："公孙弘以《春秋》，白衣为天子三公，封平津侯。天下之学士靡然向风矣。"④针对司马迁这一记载，《太平御览》解读说："汉初因秦置丞相，而弘为之，则

---

① （清）赵翼著、王树民校证：《廿二史札记》卷二《汉三公官》，页45，中华书局，2001年版。

② 《汉书》卷十九上《百官公卿表》上，页724，中华书局，1962年版。

③ 《史记》卷一二一《平津侯传》，页2951，中华书局，1975年版。

④ 《史记》卷一一二《儒林传》，页3118，中华书局，1975年版。

丞相为三公矣。"①同样，西汉御史大夫为次相，也沿秦之习，被尊称为"三公"："（杜周）迁为御史大夫……列三公。"②故尔，《唐六典》谓："汉承秦制，不置三公。汉末，以大司马、大司徒、大司空为三公。师、傅之官位在三公上。"③

正式在政府中设立"三公官"，是在西汉末年——汉哀帝时。据《汉书·何武传》记载，西汉成帝时，御史大夫何武上言"宜置三公官"④，成帝问安昌侯张禹，张禹以为然。绥和元年（前8），成帝"赐曲阳侯（王）根大司马印绶，置官属，罢票骑将军官；以御史大夫何武为大司空，封列侯，皆增奉如丞相。以备三公官焉"。成帝拟以大司徒、大司马、大司空为"三公官"，然丞相未及改称"大司徒"，已引起朝中一片反对声："议者多以为古今异制，汉自天子之号，下至佐史，皆不同于古，而独改三公，职事难分明，无益于治乱。"⑤汉成帝听了大多数臣下的意见，不得不将设置三公官的计划搁置起来。

哀帝即位以后，大司空朱博提出复旧制，罢大司空。他上言，御史大夫"今更为大司空，与丞相同位，未获嘉祐"。建议仍依"故事，选郡国守相高第为中二千石，选中二千石为御史大夫，任职

---

① （宋）李昉等编：《太平御览》卷二〇六《职官部》四《总叙三公》，页991，中华书局影印本。

② 《汉书》卷六十《杜周传》，页2661，中华书局，1962年版。

③ （唐）李林甫等撰、陈仲夫点校：《唐六典》卷一《三师三公尚书都省》，中华书局，1992年版。

④ 《汉书》卷八十六《何武传》，页3486，中华书局，1962年版。

⑤ 《汉书》卷八十三《朱博传》，页3405，中华书局，1962年版。

者为丞相，位次有序，所以尊圣德，重国相也……臣愚以为大司空官可罢，复置御史大夫，遵奉旧制。"[①]哀帝采纳了朱博的建议，罢大司空，复御史大夫。可是，建平元年（前6），已升任丞相的朱博因罪自杀，元寿二年（前1），哀帝承先帝之志，正式设立大司马、大司徒、大司空为"三公官"："五月，正三公官分职。大司马、卫将军董贤为大司马，丞相孔光为大司徒，御史大夫彭宣为大司空，封长平侯。"[②]

这里值得注意的是，西汉皇帝不以"太师、太傅、太保"为"三公官"，而是采"司马、司徒、司空"为"三公官"之说，并冠以"大"字。加"大"字的理由是："时，议者以县、道官狱有司空，故加'大'字以别之。"[③]汉成帝、汉哀帝时皆如此，且可追溯到汉武帝时。汉武帝为了尊崇大将军卫青，"以古尊官唯有三公……故置大司马官号以冠之"。[④]入东汉，光武帝继位，"三公官"沿置不变，至建武二十七年（51）"三公官"所冠"大"字皆去之，改司马为太尉，即以太尉、司徒、司空为"三公"，各公之下，均设置一套办事机构，其僚属有长史、令史、御属等："太尉，公一人。本注曰：掌四方兵事功课，岁尽即奏其殿最而行赏罚。凡郊祀之事，掌亚献；大丧即告谥南郊……世祖即位，

① 《汉书》卷八十三《朱博传》，页3405，中华书局，1962年版。

② 《汉书》卷十一《哀帝纪》，页344，中华书局，1962年版。

③ （唐）李林甫等撰、陈仲夫点校：《唐六典》卷一《三师三公尚书都省》，页5，中华书局，1992年版。

④ 《后汉书》卷一一四《百官志》一，页3563，中华书局，1965年版。

为大司马；建武二十七年，改为太尉。长史一人，千石。掾史属二十四人；令史及御属二十三人。司徒，公一人。本注曰：掌人民事……世祖即位，为大司徒；建武二十七年，去'大'。长史一人，千石。掾属三十一人；令史及御属三十六人。司空，公一人。本注曰：掌水土事……世祖即位，为大司空；建武二十七年，去'大'。属长史一人，千石。掾属二十九人；令史及御属四十二人。"①东汉"三公"之名与权责，与《汉书·百官志》所述古"三公"为"司马主天，司徒主人，司空主地"相比，除司马改名太尉，并在职掌天事（祭祀）之外增加了职掌军事，其余基本相同。《唐六典》对此作了概括："至后汉建武二十七年，省大司马，又置太尉，以太仆赵熹为之，而与司徒、司空为三公……三公并置官属。"②至此，可以引出结论："三公官"正式成为政府最高管理机构，并设置官属，拥有实际权责，始自西汉末年，哀帝元寿二年（前1）设大司马、大司徒、大司空；东汉初沿置，建武二十七年（51）改名为太尉、司徒、司空。

　　东汉末，汉献帝建安十三年（208）曾罢"三公官"，设丞相。魏初又复置"三公官"。历晋、宋、齐、梁、陈、后魏、北齐"并为三公，置府僚"，其中，刘宋、后魏"有大将军则不置太尉"，晋、宋或以司徒与丞相错置，梁以司徒与丞相并置，但"三公官"

①　《后汉书》卷一一四《百官志》一，页3557—3562，中华书局，1965年版。
②　（唐）李林甫等撰、陈仲夫点校：《唐六典》卷一《三师三公尚书都省》，页4，中华书局，1992年版。

始终设置，并皆有公府僚属。①

　　北周则改太师、太傅、太保为"三公"："后周置六卿之外，又改三师官谓之三公，兼置三孤以贰之。"②北周官制以《周礼》为圭臬，设天官、地官、春官、夏官、秋官、冬官为六卿，六卿之外，置太师、太傅、太保为"三公"："太师一人，正九命。太傅一人，正九命。太保一人，正九命。"③北周亡，隋立，复以太尉、司徒、司空为"三公"："改周之六官。其所制名，多依前代之法，置三师、三公。""三公，参议国之大事，依后齐置府僚。无其人则阙。"不久，隋文帝削夺"三公"权，"寻省府及僚佐，置公则坐于尚书都省。朝之众务，归之于台阁"（《隋书·百官志》下）。"三公官"到隋朝为之一大变，不再有公府之建置，也不再设置僚属，成了空有名位的虚衔。没有专门的办公之所，仅在尚书省都堂安排一个座位而已，中央政务大权已转给"事无不总"的尚书省。唐朝也是如此："自隋文帝罢三公府僚，皇朝因之，其或亲王拜者，亦但存其名位耳。"④

　　"三公"太尉、司徒、司空之名，自唐至北宋徽宗政和二年（1112）九月二十四日不变。政和二年九月二十五日，宋徽宗突

---

① 　（唐）李林甫等撰、陈仲夫点校：《唐六典》卷一《三师三公尚书都省》，页4，中华书局，1992年版。

② 　（元）马端临：《文献通考》卷四十八《职官考》二《三公总序》，页443，中华书局，1986年影印本版。

③ 　王仲荦：《北周六典》卷一《三公三孤》，页8—10，中华书局，1979年版。

④ 　（唐）李林甫等撰、陈仲夫点校：《唐六典》卷一《三师三公尚书都省》，页5，中华书局，1992年版。

颁手诏，罢太尉、司徒、司空"三公"官名，改以太师、太傅、太保："三公新官：太师、太傅、太保。三公旧官：太尉、司徒、司空。"罢太尉、司徒、司空"三公"官名的理由是："太尉以下，旧为三公，缘司徒、司空，周六卿之官，非三公之任，乃今之六曹尚书是也。太尉秦官，居主兵之任，亦非三公。太尉、司徒、司空合罢。"①这次改"三公"官名，实出于权力之争。这一年，已退休在家的蔡京被自杭州召还，其时尚书左仆射兼门下侍郎（左相）为何执中，格于形势，已难将其罢除，于是就打出了改制的花招，以太师为"真宰相之任"，即以"公相"位于何执中左相之上。上引《手诏》谓："古无三师之称，合依三代为三公，论道经邦，燮理阴阳，官不必备，惟其人为真相之任。"这是对外冠冕堂皇的谎言，其内幕是："（大观）三年，台谏交论其恶，（蔡京）遂致仕……出居杭。政和二年，召还京师，复辅政……至京则又患言者议己，故作御笔密进，而丐徽宗亲书以降，谓之御笔手诏。"②这样，蔡京通过阴谋活动，以太师"总治三省"，号称"公相"，重夺宰相权力。至宣和二年（1120）六月，蔡京再次致仕。宣和六年（1124），复以太师领三省事。以"三公官"为实职宰相，在宋代仅蔡京一人。这一改制，维持了徽宗和蔡京昏君奸相垄断朝政的局面，从而加剧了北宋王朝的腐败趋势，终至无法摆脱灭

① 司义祖整理：《宋大诏令集》卷一六三《新定三公辅弼御笔手诏·政和二年九月二十五日》，页618、619，中华书局，1962年版。
② 《宋史》卷四七二《奸臣》二《蔡京传》，页13725、13726、13727，中华书局，1977年版。

亡的结局。宣和七年（1125）四月，"蔡京罢领三省事，复以太师、鲁国公致仕。"[1] 至此，昙花一现的"三公"开府为"真宰相之任"的政治闹剧，终于收场。

宋钦宗靖康之后，历南宋、元、明、清，"三公官"皆为太师、太傅、太保，正一品，沿置不变。但不复有宰相之实权，只作大臣或亲王之加衔。

（原载《浙江大学学报（人文社会科学版）》2009年第1期，原标题为《"三公官"从相之别称到正官考识》）

① 《宋史》卷二一二《宰辅表》三，页5521—5530，中华书局，1977年版。

关于清代乡试文献的几点认识

　　中国历史上没有一种人事制度，延续时间之漫长、在国内外影响之巨大，能与科举制度相比。科举取士制度，起源于隋，[①]自隋唐至明清，行用了 1300 年之久，承担起为中国官僚政府源源不断输送管理人才的使命。皇帝与士大夫"共治天下"，[②]是科举制持续推行的动力；"无情如造化，至公如权衡"，[③]是科举制能成为中国古代社会唯一不可取代的铨选制度的根本；科举制以儒家"斯文"作为取士标准，应举者慨然以从政、治国、平天下为己任。中国科举制具有塑造中国古代知识分子立身治国形象、打造中国大一统和合文化形态、构建东亚儒家文化圈与催生

---

① 祖慧、龚延明：《科举制起源再商榷》，刊《历史研究》2003年第6期，页31—44。

② 邓广铭点校：《陈亮集》附录《建康军节度判官陈亮诰》，《邓广铭全集》第5册，页418，河北教育出版社，2005年版。

③ （宋）欧阳修：《欧阳修全集》第4册，卷一一二《奏议》十七《论逐路取人札子》，页1716，中华书局，2011年版。

现代西方文官制度等价值。

唯其如此，唐代后期社会动荡、战乱不止，科举试没有中止。五代军阀争斗不息，政权更迭如走马灯，科举试没有间断。两宋三百年间，宋辽、宋金、宋蒙战争未曾打断三年一举的科举考试，南宋高宗在自家性命难保的险境下，也未曾中断三年一次（有延迟至四年一次）的科举考试，度宗咸淳十年（1274），南宋临近灭亡，还进行了最后一次科举考试。辽、金、西夏、元，少数民族所建政权无不实行过科举制度。清末，1900年，八国联军攻进北京，慈禧太后与光绪皇帝出逃，次年仍下令补考乡试和会试。科举与国运相连，成为中国封建社会皇帝权力的象征之一，是国家机器正常运行的重要标志，是调节国家政策的杠杆，是士大夫梦想所寄，是凝聚民心的纽带。科举对中国古代社会政治、军事、教育、文化、经济、风俗、人心之影响，无与伦比。宋、明、清三朝，科举三年一次定期举行，每次录取数百人以上。如从童子试、发解试（乡试）算起，参试者动辄数十万乃至上百万，牵动着从南到北、从繁华城市至穷乡僻壤整个中国的人心。此三朝860多年的中国社会，可以说是科举社会。研究中国古代社会，离不开科举研究，否则绝不可能完整认识中国古代社会的政治与文化。

中国科举还是世界文明的一个辐射源。日本最先仿行中国科举考试制度，时间在公元7—8世纪。《日本诗纪》中载有《贺诸进士及第》，其中《贺野达》诗云："登科二字值千金，孝养何愁无斗储？"[①] 可见日本科举及第即授官，所得俸禄可供养父母。朝鲜半岛是海外实行科举制时间最长的地区。从 958 年起至 1894 年止，实行了 936 年。[②] 其制既学习唐宋，又有自己的创造。奉使到过高丽国的宋使者徐兢在其《宣和奉使高丽图经》中说："若夫其国取士之制，虽规范本朝，而承闻循旧，不能无小异。"[③] 科举制在朝鲜半岛影响之大，仿佛中国，至视为"我国公道，唯在科举"。[④] 越南推行科举制长达 844 年（1075—1919）之久，仅次于朝鲜半岛，然其废罢科举时间比中国还要晚 14 年。科举取士，在越南具有权威性和实用性，"科举抡才，实关盛典"。[⑤] 科举制在东亚的传播，为构建东亚儒学文化圈发挥了巨大的作用，其功至伟。

中国科举考试的先进文化，为西方国家所学习、效仿。西方人把中国科举考试与中国四大发明相比。英国人罗伯特·英格尔斯评论英国东印度公司采用了中国科举考试的竞争原则时说："这种中国人的发明创造在印度充分发展，预示着或许将来有一天，它会像火药、印刷术一样，在国家制度，甚至是欧洲的国家制度中，引起一次伟大变革。"事实正是如此：英格尔斯当时的

---

① 萧瑞峰：《日本有没有实行过科举制度？》，刊《文史知识》1995 年第 7 期。

② 刘海峰：《中国科举文化》四《科举文化的影响》之二《朝鲜科举的模仿与创造》，页 368，辽宁教育出版社，2010 年版。

③ （宋）徐兢：《宣和奉使高丽图经》卷四十《同文·儒学》。

④ （韩国）《增补文献备考》卷一八七《选举考·科制》。

⑤ （越南）《大南实录正编》第二纪卷一八九，明命十九年二月。

预言并没有错，东印度公司实行的文官考选制度为英国文官制度的建立积累了经验、开辟了道路，考试选才机制像一桶火药轰开了政党分肥制的大门，科举制最终通过英国对世界各国的文官制度产生了重大而深远的影响。[①]当代美国学者顾立雅明确肯定了中国科举考试制度在建立现代世界文官制度中的重要作用，指出"这是中国对世界的最大贡献"。[②]因此，刘海峰教授顺理成章地提出：科举制是中国的"第五大发明"。科举制成为一个推动世界文明发展的重要动力。

科举选拔人才，通过科目考试实现。唐代科目众多，常选科目有秀才、明经、进士、孝廉、明法、明算、三史、开元礼等；制举科目名目更多，如贤良方正能直言极谏科、博学宏词科、志烈秋霜科、军谋宏达材任边将科等，达六十三科。[③]北宋初沿唐制文武分举，设常科、制科，科目种类有所减少。至神宗朝熙宁四年（1071），王安石改革科举制，废试诗、赋、帖经，罢明经、诸科，改试"经义"取进士，举子占治《易》《诗》《书》《周礼》《礼记》五经中一经，兼试《论语》《孟子》，常选科目仅保留进士科。宋代是科举制完善期，也是高峰期，两宋共举行118榜科举考试，录取登科人11万之众，是历朝录取人数最多的一朝。其后，元、明、

---

① 刘海峰：《中国科举文化》四《科举文化的影响》之一《科举制有如四大发明》，页409，辽宁教育出版社，2010年版。

② H.G.Grell, *The Beggining of Bureaucracy in China: The Origin of the hsien*, Journal of Asia Studies, Vol.23, Feb, 1964, pp.183.

③ 傅璇琮：《唐代科举与文学》第6章《制举》，页138，陕西人民出版社，1986年。

清三朝，进士科成为科举考试唯一科目（临时开科除外）。元代科举考试行废颇为曲折，元朝开国多年后，才于元仁宗延祐二年（1315）开进士科，中间又停开6年，至元惠宗至正二十六年（1366）最后一次廷试，前后共举行会试16次，录取进士1139名[①]，是历朝录取人数最少的朝代之一。中国科举制在明代得到复振，并进入成熟、健全、鼎盛时期，可以说继宋之后，科举考试出现第二个高峰期。

明代于洪武四年（1371）首开进士科，其后罢辍13年，至洪武十八年（1385）重开，继而三年一大比，没有中止，共举行了89榜科举考试（崇祯十三年赐特用榜不计在内），每榜进士人数平均在270人上下，共录取进士24594人。[②]为明王朝培养了大批治国安邦的人才。

明代科举考试在承继宋、元三级考试，以经义取士基础上，有很大创新。其一，是建立府、州、县、卫所儒学，盐运司儒学，土官学等学校入学考试制度，[③]童生经学校选拔试合格，方许入校为生员；其二，凡生员经县考、府考与提督学政主持的岁考，以定奖惩，生员俗称秀才，许着青衫，头戴方巾。宋代三年定期举行一次的科举考试，为明代所继承。宋代最初一级科举考试称

---

① 萧启庆：《元代进士辑考》之《导论：元代的科举制度及文献》，页19、20，台湾"中央研究院"历史语言研究所，2012年版。

② 龚延明、邱进春：《明代登科进士总数考》，刊《浙江大学学报（人文社会科学版）》2005年第3期，页69—78。

③ 郭培贵：《明史选举志考论·总论》，页9，中华书局，2006年版。

"发解试"，明代最初一级考试称"乡试"，所谓"三年一大比"。乡试之年为"大比之年"。明代生员要参加乡试，须经资格试，这就是提学官主持的科考。科考为乡试预备考试，也就是参加乡试的资格考试。科考成绩列入一、二等的生员，就获取了参加乡试的资格。

清代乡试制度，大体沿明而有所变化，更加完善。开国初，世祖爱新觉罗·福临十分重视科举取士，顺治元年（1644）所颁即位诏书中称：

> 会试定于辰、戌、丑、未年，各直省乡试定于子、午、卯、酉年。
>
> 武举会试定于辰、戌、丑、未年，各直省乡试定于子、午、卯、酉年。俱照旧例。
>
> 京卫武学官生遇子、午、卯、酉乡试年，仍准开科，一体会试。①

开科诏下达之次年——顺治二年（1645），当时全国尚未完全统一，各地反清复明斗争还在进行，形势严峻，但清王朝仍然开科举行乡试，其目的就在，要通过科举取士，获取汉满不同族民众的国家认同感，笼络士人为清政府服务，减少新王朝行使统治权力的阻力。客观上，也为满族人融入汉文化圈提供了便捷途径。

---

① 《清实录》第3册《世祖章皇帝实录》卷九，页95、96，中华书局，1986年影印本。

清代科举考试分三级：乡试、会试、殿试。

各直、省（光绪十年前18行省，其后，增加新疆省、台湾省、奉天省、吉林省、黑龙江省，共23省）举行的乡试，逢子、午、卯、酉乡试年举行，中试者为"举人"。乡试第一名称"解元"。

次年，举人赴京参加第二级会试考试，会试逢辰、戌、丑、未年举行，中试者为"贡士"。会试第一名称"会元"。

贡士有资格赴皇帝主持的殿试，殿试合格者，总称进士，按成绩高下分三甲：第一甲三人——状元、榜眼、探花，赐进士及第；第二甲若干名（每榜临时而定），赐进士出身，第二甲第一名称"传胪"；三甲若干名（每榜临时而定），赐同进士出身。凡三甲，均授官。殿试无淘汰，因此贡士亦视为进士。

乡试是科举考试的第一个台阶，是参加人数最多的考试，也是改变广大生员命运的关键考试。乡试在各行省省会（其中直隶、奉天府等北闱，在顺天府）举行。乡试三年一次，比附《周礼》"三年大比"之说，故乡试之年，亦称"大比之年"。[①]缘乡试在秋天举行，又别称秋闱、秋试、秋榜、桂榜等。

清代乡试自顺治二年（1645）始，至光绪二十九年（1903）癸卯恩科乡试止，共举行了112榜。

清代《科场条例》规定，各直省赴乡试的生员，"先期提学考试精通三场"，由省提学录送；在国子监就读的贡生、监生，

---

① 　（汉）郑玄注、（唐）贾公彦疏：《周礼注疏》卷十一《地官·小司徒》，页711，中华书局，1980年影印本。

须由国子"本监官考送",即经国子监官考试择优录送。[①]

以上就是关于乡试资格考试的规定。乡试资格考试,是学校生员、国子监生员,由在校学习阶段进入科举考试阶段的"衔接点"。这一政策,唐宋科举制中是没有的。明代始有资格试,但不严格。至清代资格试更加完备,是科举制度臻于高度成熟的一个标志。

资格考试名目有"科考(试)",有"录科",又有"录遗"。清代吴敬梓名著《儒林外史》先后提及这三种乡试资格考试:[②]

科试　《儒林外史》第四十四回《汤总镇成功归故乡　余明经把酒问葬事》:"二先生(余持)道:'我要到府里科考,等我考了回来,哥哥再去罢。'……余二先生考在一等第二名。"

录考　《儒林外史》第七回《范学道视学报师恩　王员外立朝敦友谊》:范进中举后,又中了进士,不久就被钦点为山东学政,在按临兖州院试中,农家子弟荀玫考了第一名,"次年录科,又取了第一"。

录遗　《儒林外史》第三回《周学道校士拔真才　胡屠户行凶闹捷报》:周进取得监生资格后,并未去京城国子监住读,"正值宗师来省录遗,周进就录了个贡监首卷"。

这三种都是乡试资格考试,不同名目有不同对象,如不注意了解清代乡试制度,容易混淆。

---

① 　《清史稿》卷一〇八《选举志》三《文科　武科》,页3148。
② 　龚延明:《清代科举与〈儒林外史〉》,刊《北京联合大学学报(人文社科版)》,2011年第2期。

如《儒林外史》第七回提到的荀玫"次年录科，又取了第一"，翦伯赞先生在为《儒林外史》作注释时说："这里所谓录科，就是参加科试。"这就把科考（试）与录科混为一谈了。[①]

那末何谓科考（试）、录科与录遗呢?

科考（试）——科考为行省学校生员乡试资格考试。由省学政主持。清代学政到省赴任后，其主要任务是在三年任期内，到本省各府（或州）按临岁试和科试各一次。岁试是考查童生学业，所有生员必须参加，按考试成绩分六等，第六等属不及格，开除生员资格黜为民。[②]但此岁试不是乡试资格试。学政主持的科试，岁试五等以下生员不能参加，[③]生员也可不报名参加。科试是选拔行省各级学校生员参加乡试的考试。所以，有的生员，"自揣考试不能前列，不应科考者，往往有之"。[④]科试由学政出题，学政根据卷面成绩分为六等，列入一、二等及三等前列（五名或十名）者，准送乡试。[⑤]可见，取得乡试资格，在清代也不是一件容易的事。

录科——因故未参加科试者，以及在籍（在家居丧）之国子

---

① 翦伯赞：《释〈儒林外史〉中提到的科举活动和官职名称》，收入《历史问题论丛》，页254，人民出版社，1962年版。

② 《清会典》卷三十二《礼部·仪制清吏司》，《清史稿》卷一〇六《选举志》一《学校》，页3117。

③ 《钦定大清会典事例》卷三三八《录送乡试二》，《续修四库全书》第803册，页357。

④ 《钦定学政全书》卷九《考试事例》，沈云龙主编：《近代中国史料丛刊》第30辑，页217，文海出版社，1973年版。

⑤ 《钦定大清会典》卷三十二《科试》，《续修四库全书》第794册，页290。

监生、荫生、官生、贡生名不列于学官、不经科考者，经由学政考试，名为录科。录科合格者，可参加乡试。

国子监住读生录考取中名册，需于乡试前十天，送到顺天府备案，准备参加顺天府乡试。①

录遗——凡生员参加科试、录科未录取，或因各种原因，不能按时科试和录科的生员、监生，还有一次争取参加乡试资格试的机会，这就是"录遗"考。录遗合格者，可参加会试。对此成因，清彭蕴章谓：

> 录遗之设，原因诸生游学、患病、居忧未及科试之人，而科试新进生员亦当择其文理优者俾应乡试，又或科考距乡试日久，三等生员学业或有渐进，是以于乡试之先，复加考校，拔优录取。②

除患病、游学、丁忧未及赴科试之生员可参加录遗考之外，科试在第三等前十名以下落选生员，也可报考录遗试。录遗由学政主持（包括京城贡监生录遗）。录遗也不分等第，取中即可参加乡试，第一名称"才头"。③

---

① 文庆、李宗昉等纂修，郭亚南点校：《钦定国子监志》卷十四《乡试》，页265，北京古籍出版社，2000年版。

② （清）彭蕴章：《归朴龛丛稿续编》卷二《科举说》，页690。

③ 《钦定科场条例》卷四《生员科举》，页270；钟毓龙《科场回忆录》，页49，浙江古籍出版社，1987年版。

通过以上科试、录科、录遗合格者，即拥有了参加乡试的资格。

这是跨过了乡试的第一道门槛。乡试有多难？且看看参加乡试的秀才，通过乡试成为举人的比例是多少。

清初，顺治三年（1646），曾经一刀切，将各省乡试参试者与举人的比例，规定为30∶1。即录取1名举人，允许30名秀才报考。[1] 由于地区文化差异的存在，这种一刀切的政策引起了社会矛盾。于是，康熙二十九年（1690），将江南（包括今江苏、安徽）与浙江二省录送人数比例下调，录取1名举人许录送60名秀才。一年后，又激增至100名。可以想见，江浙皖地区，乡试竞争何等激烈！举人与参加乡试的秀才比例是1∶100！以江南为例，康熙四十一年（1702），举人名额为83名，是年参与乡试的士子为8300人。[2]1名举人，是从100名秀才中选拔出来的。若再考虑未能获取乡试资格的童生数量，在1个举人背后站着的是数百甚至上千读书人。由此可见，士子走科举道路，是何等不易！

当然，小省录送比例较高，如广西、云南、贵州三省，每录取举人1名，录送具有乡试资格的秀才50名。其竞争激烈程度比大省稍缓。

随着社会人口增多，科举竞争激烈程度的加剧，唐、宋之后，通过乡试资格考试成为参与乡试的必由之路，构成了清代乡试的

---

[1]　《钦定学政全书》卷二十六《录送科举》，沈云龙主编《近代中国史料丛刊》第20辑，页645，文海出版社，1973年版。

[2]　（清）张泰交：《受祐堂集》卷六《批杜某等等呈》，页166。

组成部分。乡试资格试是乡试的前奏。

乡试三年一次，定以子、午、卯、酉年乡试。如《清代乡试文献集成》所选《同治三年甲子科顺天乡试齿录》《光绪二十年甲午科浙江乡试题名录》《嘉庆二十四年己卯科直省乡试同年谱》《康熙三十二年癸酉科顺天乡试录》，其中就有"子""午""卯""酉"字。

试场设于省城贡院。各省通过科试之生员，赴省会贡院应考；经录科考之国子监生，既可赴顺天贡院乡试，又可在本省赴贡院乡试。贡院别称贡闱、棘闱、贡士院等。明清贡院建立比较普遍，省贡院规模较大。贡院内部结构较统一，分为三区。第一区，是明远楼与号舍。明远楼为贡院最高建筑，位于贡院中间甬道中央，为三层建筑，用于监临考场有无舞弊行为。号舍为贡院主要建筑，其规模视该省应考乡试人数而定。清代最大贡院为江南贡院（在江苏南京，现于基址上建有中国科举博物馆），其中有号舍20644间。[1]供考生一人一间的号舍，是白天考试、晚上住宿之房。号舍仅能容身，深四尺、宽三尺，晚上睡觉不能直身，只能曲膝而卧，条件十分艰苦。[2]第二区为外帘建筑，是考场工作人员工作场所。第三区是内帘建筑，为正副主考官与同考官阅卷场所。

考试时间在八月，如《嘉庆二十四年己卯科顺天乡试录·后序》

---

[1]　杨学为、乔丽娟、李兵编著：《科举图录》之《科举考场》—《贡院》，页101，岳麓书社，2013年版。

[2]　商衍鎏：《清代科举考试述录》，三联书店，1958年版。

所言："嘉庆二十四年八月，宾兴之期。"考三场，通常首场定在八月九日、第二场在十二日、第三场在十五日举行。[1] 或因故延期至九月。据原始的《乡试录》可以印证乡试举行三场考试。以《嘉庆二十四年己卯科顺天乡试录》为例：

第一场　钦命四书题，诗题。

第二场　五经题。

第三场　策五道。

乡试考试内容承明制，用八股文，"取《四子书》及《易》《书》《诗》《春秋》《礼记》五经命题，谓之制义"。[2]

也就是说，清代仍沿明制，以四书、五经命题，答卷用八股文体式，此种文体，以"载道"为基本追求，有起、承、转、合规定程式的约束，用"代圣人立言"的口气议论时政，有助于熏陶与树立举子基于儒家学说的治国理念和立身处世的伦理道德规范，适应当朝统治者巩固王朝统治的需要；同时使阅卷官有统一的评判试策优劣高下的标准。

乡试考官由皇帝钦定，有正考官、副考官及同考官。正副考官主持阅卷，同考官是阅卷官。如嘉庆二十四年（1819）顺天乡试，正副考官各一人，同考官十八人。[3] 阅卷工作量极大，二十位阅

---

① 　《清史稿》卷一〇八《选举志》三《文科　武科》，页3147。

② 　《清史稿》卷一〇八《选举志》三《文科　武科》，页5147。

③ 　《嘉庆二十四年己卯科顺天乡试录》。

卷官，花了三十余天，才全部将乡试试卷审阅毕，录取中式举人240名、副榜44名。顺天乡试规定录取1名举人送60名士人应试，[①]可以推算，是年参加顺天乡试人数达17040人。每个应试人考3场，试卷通以1人3份计，交卷数达51120份。5万多份试卷，20位考官平均每人阅卷数为2556份。阅卷时间若以一个月三十天计，平均每天须审阅试卷85份，试卷是需要一字一字看过去的，这工作量何其大！

清代童试试卷，今日尚能看到一些。然乡试资格试，至今已很难看到体现考试情况的文献资料，更没有一份完整的名录保存下来。这使我们对其考试内容、庞大的录取人数等无法了解。

乡试不同，它是国家科举取士的第一步，有严格的程序，由皇帝钦命考官，被录取为举人就取得了做官的资格。因此每榜乡试，都有《乡试录》的著录、刊刻、颁行与传播，因久历岁月，虽大多已散佚，但尚有一部分留传至今。每榜《乡试录》有诏谕、考官奏序、考试官、考场工作官员、考题、答卷、中式名录、后序等等，这就成为了解乡试制度与实际运作的第一手、十分宝贵的文献。

清代18行省（光绪十年后23省）112榜乡试，《乡试录》总量有两三千种。如果将《同年齿录》《题名录》等算进去，不下四五千种。至今留下的，只是其中一小部分，虽零零散散、不系统、不完整，但其史料价值却未可轻估。1992年，台北成文出版社出版了顾廷龙主编的《清代朱卷集成》420册，其中收录殿试、

---

① 　《清实录·高宗纯皇帝实录》卷二九〇"乾隆十二年五月丙申"条，页796。

会试、乡试三级试卷，乡试朱卷为其中一部分。据统计，收录文科试卷5186份、武乡试试卷34份。这是十分宝贵的科举文献。①但乡试朱卷不等同于《乡试录》，《乡试录》包含试卷，其涵盖面更广，是关于每榜乡试的综录，其文献价值更大。今国家图书馆出版社搜集汇编了375种各省《乡试录》，为我们真切了解清代乡试提供了宝贵的文献资料，功德无量。

清代乡试，以分省取士为特点，与之相应，《乡试录》以省为名。乾隆七年（1742），在之前所定分省解额基础上，将科举的省份划分为大、中、小三等，其中直隶、江南、浙江、江西、湖广、福建为大省，每举人1名，录送乡试80名；广东、河南、山东、陕西、山西、四川为中省，每举人1名，录送60名；云南、广西、贵州为小省，每举人1名，录送50名。②正榜之外，"每副榜一名，大省加取四十名，中省加取三十名，小省加取二十名"。③

顺治初，定各省乡试取中举人解额分配为：

顺天、江南皆百六十余名，浙江、江西、湖广、福建皆逾百名，河南、山东、山西、陕西、广西、云南自九十递杀，至贵州四十名为最少。其后雍正、乾隆间定额有变化，但以省定额的政策不变。④

如乾隆十二年（1747）各省乡试取中举人定额为：

---

① 顾廷龙主编：《清代朱卷集成》，文成出版社，1992年版。

② 《清实录·高宗纯皇帝实录》卷二二二"乾隆九年八月乙卯"条，页867。

③ 《清实录·高宗纯皇帝实录》卷二八六"乾隆十二年三月戊戌"条，页732。

④ 《清史稿》卷一〇八《选举志》三《文科　武科》，页3157、3158。

省份	乡试中额	副榜中额	录送人数
江南	114	22	10000
浙江	94	18	8240
江西	94	18	8240
湖广	92	18	8080
福建	87	17	7640
山东	69	13	4530
山西	60	12	3960
陕甘	71	12	4620
四川	60	12	3960
河南	71	13	4050
广东	71	14	4680
广西	45	9	2430
云南	54	10	2900
贵州	40	8	2160
直隶贝字号 （占十之七）	102	21	6750
北监生皿字号 （占十之三）	44	9	4500左右

总计：是榜乡试取中式举人正榜 1168 名，副榜 226 名，录送应试秀才 86740 人。[①]

---

① 此表据王忠培浙江大学人文学院硕士论文《清代乡试资格考试及其录取人数研究》（2015年5月5日）补充而成。参考文献：《钦定大清会典》卷二十六，《钦定科场条例》卷二十。

　　显然，清代乡试举人的录取额完全是以大省、中省、小省的比例分配，而不是以成绩为标准分配。国家图书馆编纂出版的《清代乡试文献集成》搜集了顺天府《乡试录》（如《康熙三十二年癸酉科顺天乡试录》）和各省《乡试录》：江南（如《嘉庆十二年丁卯科江南乡试录》）、浙江（如《乾隆二十七年壬午科浙江乡试录》）、广东（如《同治六年丁卯科广东乡试录》《同治六年丁卯科广东乡试武举录》）、江西（如《同治十二年癸酉科江西乡试录》）、广西（如《光绪二十年甲午科广西乡试题名录》）、河南（如《光绪二十八年壬寅补行光绪二十六年庚子二十七年辛丑恩正并科河南乡试录》）、山东（如《康熙四十一年壬午科山东乡试录》）、山西（如《道光二十三年癸卯科山西乡试题名录》）、陕西（如《咸丰五年乙卯陕西乡试题名录》）、湖南（如《乾隆六年辛酉科湖南乡试录》《同治九年庚午科湖南武乡试题名录》）、湖北（如《雍正十三年乙卯科湖广湖北乡试录》《光绪十九年癸巳恩科湖北乡试录》）、四川（如《雍正十年壬子科四川乡试录》）、云南（如《光绪二十年甲午科云南乡试录》）、福建（如《乾隆三十五年庚寅恩科福建乡试录》）、甘肃（如《光绪十七年辛卯科甘肃乡试题名录》）等，除大量《乡试录》之外，还搜集了《同年齿录》（如《光绪二十九年癸卯恩科四川乡试同年齿录》）、《题名录》（如《嘉庆二十一年丙子科四川乡试题名录》《光绪五年己卯科湖南乡试题名录》）、《某房同门姓氏录》（如《光绪二十三年丁酉科江西乡试第四房同门姓氏录》），此外还搜集出版了全国各省乡试《同年录》，如《咸丰元年辛亥恩科各省乡试同年录》《咸丰二年壬子科十八省乡试同年录》等。所收各种《乡试录》，名目不一，有文科、武科、正科、恩科，又有《乡试题名录》《同年齿录》《某房同门姓氏录》，内容十分丰富。

因区域地理环境、经济、文化的不同，各地的乡试在试期和贡院文化方面呈现出自己的特点，既具有一定的相似性，又有一定的差异性。作为科举学的重要范畴之一，区域乡试研究具有重要的理论意义和现实意义。《清代乡试文献集成》作为第一手科举制度的刊本例证，为研究各省乡试之间的共同性与差异性提供了十分宝贵的史料。

《乡试录》的编纂由各省主考官负责，主要用于进呈给朝廷审阅，并分发给乡试中式者，其中包含了该科主考官撰写的序言，考官与考场事务官（执事官）名录，三场考题，中式举人和副榜的姓名、年龄、籍贯、出身，朱卷选（试卷范文、考官评语），以及后序等。其内容包含的信息量十分丰富，兹以《嘉庆二十四年己卯科顺天乡试录》为例：

（一）《乡试录·序》——《嘉庆二十四年己卯科顺天乡试录序》（考试官茹棻撰）：

序中提及主考官与同考官奏闻："臣等谨率同考官，竭三十余昼夜之力，详校试卷如额，取中正榜二百四十名、副榜四十四名。择其文尤雅驯者，选刻呈览。"

（二）乡试考官与执事官：

考官：主考官3人。

（正考官）工部尚书、国史馆副总裁　茹棻浙江会稽县人，甲辰进士

（副考官）吏部左侍郎、管理国子监事务　恩宁正红旗满洲人，戊辰进士

（副考官）工部左侍郎、尚书房行走、会典馆副总裁　王以衔浙江归安县人，乙卯进士

同考官18人（略）。

除了考试官21人之外，试场工作人员，即所谓帘外官（执事官）数量更多，有：

监临总理内场闱务官1人、总理科场事务官1人、提调官1人、外帘监试官8人、东西砖门稽察事务官4人、稽察外场巡墙官8人、督理稽察左翼4人、督理稽察右翼4人、内收掌官3人、外收掌官1人、印卷官1人、受卷官8人、弥封官4人、誊录官4人、对读官4人、总理供给官1人、供给官2人、供给内委官2人、供给外委官1人、监场官1人、督门官2人、巡绰官3人、搜检官4人、委办执事官46人、内帘供事8人。

以上总计130人，六倍于考试官。

（三）乡试三场试题目与答卷：

第一场

钦命四书题三道（题目从略）。

钦命诗题一首：《赋得心清闻妙香》（五言八韵）。

第二场　五经义五道。

第三场　策五道。

（四）中式举人 240 名：

第一名　董瀛山，年三十岁，直隶天津府青县廪生。

第二名　周衣德，年四十岁，浙江温州府永嘉县副贡生。正黄旗教习。

第三名　刘镈，年二十八岁，天津府天津县监生。

第四名　于锡田，年二十九岁，顺天府宛平县廪生。

第五名　白让卿，年十六岁，顺天府通州县附生。（下略）

每个中式举人，列其姓名，年龄，籍贯、出身。前五名中，年龄最大四十岁，最小才十六岁！从整个中式名单可统计中举者的平均年龄，及举人的地域分布、不同出身的比例。

（五）乡闱中式范文（朱卷）：

第一场

（1）四书题中式程文（略）。

（2）钦命诗题一首：《赋得心清闻妙香》（五言八韵）中式

程文：

宋云赋诗"赋得生妙香"（得心字五言八韵）。

同考官翰林院编修罗家彦批：志和音雅。

副考官王以衔批：端庄流丽。

副考官恩宁批：玉律金科。

主考官茹棻批：衔华佩实。

赋得生妙香宋云

领取生香妙，云山自在寻。偶然来静境，陡觉洗尘心。

夜色移灯影，经场度磬音。烟凝黄熟热，梦隔黑甜深。

鸭篆风初散，龙涎气暗侵。虚堂人寂寂，禅院月沉沉。

景足供游览，情还寄咏吟。（下阙）

第二场

五经题中式程文：

第一道，《易》经题："君子以裒多益寡称物平施"。

朱大韶答题程文。

同考官陶廷杰批：禀经酌雅。

副考官王以衔批：局正理醇。

副考官恩宁批：气充词沛。

主考官茹棻批：大含细入。

（程文开篇）酌多寡以剂其平施之，所以溥也。夫多寡者，物之不齐，衰而益之，则物情称而施其平。斯为谦之君之哉！（下略）

考官批语不可能长篇大论，所以批语极简，须画龙点睛，欲求公允切中，难度也大，必须是词坛高手之作。

第三场

策五问中式程文：

第一问，策问："《易》有七卦、九卦、十三卦、三十六卦之别，其说云何？"（下略）

康同治对策。

考官批语：

同考官花杰批：明辨以晰。

副考官王以衔批：有条不紊。

副考官恩宁批：脉络分明。

主考官茹棻批：朗如列眉。

（程文开篇）太卜掌《三易》，一曰《连山》，二曰《归藏》，三曰《周易》……《连山》《归藏》未见，正其孔了，则其书不复可考，今年所传者，《周易》是也。

朱卷可供了解清代科举文体、皇帝所关心的朝政问题与士人掌握儒家学说的深度及其对治国的思考。考官的批语，则可供观察考官对时文、经学的取向与阅卷的洞察力。

（六）二位副主考的二则"后序"：

一、恩宁《嘉庆二十四年顺天乡试录后序》特别提到阅卷务遵皇上"训迪臣工之取士者，必以清雅达正为宗"。

二、王以衔《嘉庆二十四年顺天乡试录后序》提到"上命臣茹棻典其事，而以臣恩宁偕臣以衔副之"，值皇上"六旬万寿，士之应京兆试者更盛。厥数逾万"。

后序虽为副考官奏闻套语，但也透露出不少科举信息。未可忽视。

从上引一份《嘉庆二十四年己卯科顺天乡试录》，可窥见清代某省某榜乡试的总貌与举人档案及其相关文献，一种乡试文献具体而微，如能通览数百种乡试文献，我们也许才能对清代乡试制度的演变、解额分配与录取比例的变化及程文形式与内容有较全面的了解，并能较切实地触摸清代士子的命运，了解其知识结构趋向等问题。

乡试中式举人于次年赴京师礼部贡院会试。因会试时间是农历二月，在春天，因此别称"春闱""春榜"，会试由礼部主持，属全国性统考，故又称"礼闱"。

天一阁庋藏的明代《乡试录》，已由宁波出版社于 2016 年整理出版了 277 种。[1] 而分散在各地的清代《乡试录》，尚未见

---

① 龚延明主编：《天一阁藏明代科举录选刊·乡试录》，宁波出版社，2016 年版。

有汇编出版。在科举学界热切的期盼中，国家图书馆出版社首次搜集了清代375种《乡试录》，经整理，于最近分辑陆续影印出版，冠名曰"清代乡试文献集成"。规模宏大，是名副其实的"集大成"。如此集中地推出清代《乡试录》，海内外也是首次，具有重要的史料价值和历史文化价值，是科举文献出版的一件盛事。

（此篇原为国家图书馆出版社2020年出版《清代乡试文献集成·第一辑》之序言）

说说清代科举与《儒林外史》

  《儒林外史》是一部反映清前期科举社会士人生活的长篇讽刺小说。讽刺的主要对象是一批在科场上拼搏失败的江南士人。小说中出现的江南士人，自幼攻举业，遭遇一次又一次失败，偶或有一两人跳过龙门，中举、登进士，但这是凤毛麟角，绝大多数人沉沦于失意落魄、穷愁潦倒的境地。作者吴敬梓运用写实的手法，通过描绘这一大批在科场上失意落魄的举子的艰辛的生活、无奈的精神面貌，深刻地揭示了科举社会是建立在庞大的底层士人及其家庭的痛苦上的。吴敬梓通过讽刺这一批江南士人的众生相，抨击的是已经日益腐败的科举制。我们今天要完全读懂《儒林外史》，必须了解清代的科举制度。

一、《儒林外史》作者与科举家世

  《儒林外史》作者吴敬梓，我们都知道他是安徽全椒县人。

但他的原籍却并非在安徽。根据吴敬梓本人在《移家赋》中所说：
"我之宗周贵裔，久发轫于东浙。"他的祖先原是浙江温州人。
至高祖吴沛时（明万历年间），复徙至江苏六合，又迁至安徽全椒。

　　吴敬梓出身于科举世家。他的曾祖辈五兄弟，除老大受父之
命"任家政"之外，其余四个兄弟同攻举业，在高祖吴沛（一生
事科举，一事无成，把希望寄托于儿子身上）亲自辅导下，全部
中进士。吴国对名次最高，为清顺治十五年（1658）榜的探花。
吴国对与吴国龙是双胞胎，双双中进士。

　　同胞兄弟四人中进士，甚少，为科举盛事。全椒吴氏在清初
成了科举世家。探花吴国对是吴敬梓的亲曾祖父，官至国子司业，
为国子监的副长官。

　　但是，科场如战场，要保住科举世家的地位绝非易事。传到
敬梓祖辈，只有吴国龙两个儿子中进士，其中一个叫吴晟的还中
了榜眼，为康熙三十年（1691）一甲第二名。此后，即一代不如
一代。敬梓父辈没有一个中进士的。偌大的家族，至敬梓这一代，
仅仅只有吴国龙曾孙吴檠中进士。敬梓父亲吴雯延不过是一个秀
才（县学生），还没中过举。安徽全椒吴氏因科举而鼎盛的时间
有半个世纪，即自明末崇祯十六年（1643）吴国鼎、吴国龙同榜
登进士起，至吴国龙子吴晟康熙十五年（1676）中进士、吴晟康
熙三十年（1691）中进士第二名。所以吴敬梓在《移家赋》中说：
"五十年中，家门鼎盛。"然而，在因科举鼎盛的另一面，众多
族人从科举场上败下阵来，名落孙山，无非为鼎盛的气象掩盖而

已。到了敬梓这一代，科举考试落第的辛酸和落寞，已深深地笼罩着吴氏家族。由于全椒吴氏吴敬梓曾祖辈同登进士的四兄弟中，只有吴国龙这一支三代出过进士，故尔，这一房势力最强、最盛。于是在族人之间，就出现了以强凌弱、相互嫉妒、趋炎附势、争夺财产、勾心斗角诸相。

吴敬梓出生和成长在这样一个家族，对科举的利弊和世态炎凉，当有刻骨铭心的体验，这就为他创作"指摘时弊"的《儒林外史》，提供了深厚的生活基础。那么，吴敬梓本人的经历又如何呢？

吴敬梓，字敏轩，又字粒民，号文木老人，或署秦淮寓客。康熙十四年（1701）生，乾隆十九年（1754）卒。他的一生是短暂的，仅活了五十四岁。

在明代这样的科举社会，读书人唯一的出路就是应举登科入仕，兼之敬梓又出身于科举世家，他别无选择，青少年时代，只能致力于举业。不幸的是，敬梓虽通过滁州州学考试入了学，成了生员（又称秀才），但未能通过乡试，连举人的资格亦未能获得，仕途就被堵死了。这个打击太大了，他曾伤心地说："（从此）不婚不宦，嗜欲人生应减半。"（《减字木兰花》）到了三十六岁那年，正赶上乾隆登基，特开恩科——博学鸿词科，他被安徽巡抚赵国麟推荐赴安庆参加预备考试。遗憾的是，因为患有严重的糖尿病，难以坚持考试，他失去了最后一次向科举考试发起冲击的机会。从此，他对追求功名心灰意冷。

敬梓一生坎坷，他十三岁丧母，过继给曾祖吴国对长子吴旦的长子吴霖起。在封建社会，嫡长子之子即为宗子，吴霖起死后，敬梓继为宗子，在祭祖时有主祭权，分割财产时可以多分一份。不幸的是，敬梓二十三岁上，生父雯延和嗣父霖起先后死去，他的宗子地位受到严重挑战，族人觊觎他的财产，明抢暗夺，他只能眼睁睁地看着父祖的财产被族人夺走。他看清了族人的贪婪嘴脸，家境也因此堕入了贫困。敬梓后来就离开了安徽，移家到南京居住。直到贫病交迫而死。

以上的人生经历和体验，是他创作《儒林外史》的生活基础。

二、科举制度与阅读《儒林外史》

《儒林外史》是清代科举社会的产物，作者吴敬梓以写实的手法，对康熙、雍正、乾隆时期江南绅士阶层的生活方式、生存状态和精神面貌，以及该时期江南社会文化和生态环境予以如实的描绘。他所塑造的士人有血有肉、栩栩如生，个个都是当时现实生活中的人，所以，很难以正面人物、反面人物来区分《儒林外史》中的人物。

但这些人物，几乎都是围着科举考试转的，不管他成功或失败，也不管他本人是否参加过科举考试。然而，由于科举制日益腐败，即使在所谓康乾盛世，也是世风日下；在科举制箝制下之士人，灵魂被扭曲。吴敬梓怀着对科举取人不公的强烈不满，将当时人对当时人事和社会的直接体验和观察，用讽刺的笔法诉诸文字，成就了这一部伟大的文学作品《儒林外史》。

正因为《儒林外史》写的是儒林，即科举制箝制下的儒林，那么，我们要阅读《儒林外史》，对明清科举制度必须有所了解，否则就很难理解书中出现的各色人物的身份地位和他们的谈话内容。比如：

第二回《王孝廉村学识同科　周蒙师暮年登上第》。这一回特别讲了周蒙师即周进的故事。这个周进，"年纪六十多岁，前任老爷取过他个头名，却还不曾中过学。顾老相公请他在家里三个年头。他家顾小舍人去年就中了学，和咱镇上梅三相（公）一齐中的"。六十多岁了，他教的学生都考上了府学，他却考不中，还是一个老童生。他绝望了，就跟姐夫金有余出外做生意，来到省城。"周进跟到贡院门口想挨进去看，被看门的用大鞭子打了出来。"姐夫同情他，给看门的塞了点钱，于是"并无拦阻。到了龙门下，行主人指道：'周客人，这是相公们进的门了。'进去两边号房门，行主人指道：'这是天字号了，你自进去看看。'周进一进了号，见两块号板摆的齐齐整整，不觉眼睛里一阵酸酸的，长叹一声，一头撞在号板上，直僵僵不省人事"。

就这一回的题目，和上述的引文，提及不少关于科举制度的名称，如"孝廉""同科""相公""中过学""贡院""龙门""天字号""号房""号板"等等，我们能明白它们的含义吗？

正确的解释是：

"前任老爷"——指前任知县。因清代县学考试，是由知县主持的。而知县官场习俗尊称"老爷"。

"孝廉"——举人别称，乡试合格的为举人。

"同科"——又称同年。凡同一榜乡试或会试登第者，都可称同年或同科。

"相公"——在旧戏文里，相公多称读书人。这个称呼现在还在用，如我们浙大有个姓范的老师，是我的邻居，因他看起来特别文质彬彬，历史系同仁都叫他"相公"。但明清的"相公"，可不能随便叫，它专指通过科举预备考试，即通过知府主持的府试、学政主持的院试（叫进学），在县学和府学有了名籍的读书人，正称为"生员"，尊称为"秀才"或"相公"。

"中过学"——从字面上看，"中过学"很简单，就是"上过学"。那我又要问，上过什么学？为什么上过学要叫"中过学"？这都是有专门意义的。通过县学考试，只能称童生，还不能称"中过学"，只有通过府试和院试，成了生员，才能说"进学"。从童生升为生员已非易事，像周进六十多岁了，还是个老童生，不能说"进学"。像周进那样一辈子做老童生的，不是少数。故尔，明清时代才把通过府试和院试成为生员说成"中过学"，反映了在明清科举时代，要成为生员都非易事。

"贡院"——就是科举考试的场所。明、清两朝乡试和会试都是在省城、京城举行，考试的场所称贡院。现在保存下来的如河北正定贡院、南京贡院，都是乡试场所。

"龙门"——贡院的正门。取自古代"鲤鱼跳龙门"的故事。传说鲤鱼跳过黄河龙门，就会变成龙。贡院正门称"龙门"，比喻通过乡试、会试如鲤鱼跳龙门那么难，但一通过，就成为举人、进士，获取功名，博得了入仕做官的资格，像化龙一样飞黄腾达。

"号房"——也称"号舍"。贡院内分若干巷舍，每舍用《千字文》编号，上引文中所谓"天字号"，就是指天字号号房。接下去应是地字号、玄字号、黄字号等等号舍。

"号板"——每一个考生，占一间号房，号房很狭窄，只能安放两块长方形木板，一上一下，就叫"号板"。白天考试，上一块当考桌，下一块当坐凳。到晚上，考生也不能离开号舍，就睡在里面。怎么睡？把上一块木板往下移至和下一块木板一样平的位置，两块木板拼起来当床用。

以上，我仅引了《儒林外史》第二回中两小段文字，就包含了那么多与科举制度相关的名物制度。不具备专门知识，我们不可能真正读懂《儒林外史》，更谈不上利用《儒林外史》研究清代社会文化。

为此，围绕阅读古典名著《儒林外史》，必须了解清代科举制度。

三、阅读《儒林外史》必备的科举知识

首先应当了解清代的三级科举考试。为了说明问题，我们先

从《儒林外史》中几个典型人物说起。上面提到的周进,六十多岁,还是个老童生。可在姐夫金有余帮助下,花了二百两银子,买了个"监生",即不经过府试、院试取得生员资格,而是用钱买了个"国子监生"的学历。清代国子监生,分举监、贡监、恩监、荫监和例监五种,例监就是捐监,不必到京城国子监去上学,只是给你一个可以参加乡试的资格。到了农历八月,乡试开考,周进在省城贡院赶考,正好被安排在他大哭过的"天字号"号舍,心情特别好,乡试顺利过关,成了举人。中了举人,就能上京参加考进士的会试,"到京会试,又中了进士",又经殿试,中了第三甲。一中进士,那可了不得,真可谓"鲤鱼跳龙门","朝为田舍郎,暮登天子堂",立马有官做。周进跨进了六部大门,六部部属才做满一任(三年一任),便升为御史,钦点广东学道,即提督广东省学政(简称学政、学台),掌全省学校管理,特别是掌管院考事,即负责主持生员获得参加乡试资格的考试。大家可能听说过"范进中举"的故事。《儒林外史》第三回《周学道校士拔真才 胡屠户行凶闹捷报》描绘的这个范进,也是老童生,从二十岁应考到五十四岁,考了二十多次,家里穷得寒冬腊月还穿麻衣,这次他在广东南海、番禺县考点应考,正好碰上周进。周进因为自身的遭遇,对老童生特别同情。看范进那副可怜的模样,亲自把范进的卷子取来,看了三遍,头遍、二遍都看不出名堂,到第三遍,才看出一篇"一字一珠"的好文章。他感叹道:"可见世上糊涂试官,不知屈煞了多少英才!"周学道就把范进录为院考的第一名，算中了学，成了秀才。周进鼓励他去考乡试，范进家里穷得开不了锅，借了点盘缠去省城应考。考完赶回家，家里人已饿了三天。丈人胡屠户骂得他狗血喷头，说他是"癞虾蟆想吃天鹅肉"。到发榜那天，范进已饿得头昏眼花，母亲叫他把家中唯一一只生蛋老母鸡拿到集上卖掉换米。去了不到两个时辰，县上报捷的来了："恭喜范老爷中举！"范进不中也罢，听说中举了，高兴过度，一下子疯了。后来是丈人胡屠户掴了他一个巴掌，才清醒过来。范进由秀才升为举人，可视为跳进第一档龙门。范进中举后，命运就改变了，有送房子的，有送田产的，有来投身当仆役和丫头的。到了第七回《范学道视学报师恩　王员外立朝敦友谊》，范进会试又高中进士，这更不得了，过了几年，做了御史、钦点山东学道。此时，恩师周进已做到国子监司业。

　　《儒林外史》中还有一个著名的故事。第五回《王秀才议立偏房　严监生疾终正寝》中刻画了一个吝啬鬼严监生。严监生病危，但"总不得断气，还把手从被单里拿出来，伸着两个指头"。在旁的众人或说是指两个人，两件事，两处田产等，垂死的严监生听了，两个指头还是伸着。还是他妻子赵氏明白丈夫的意思，走到他跟前，靠近他的耳朵说道："你是为那灯盏里点的是两茎灯草，不放心，恐费了油，我如今挑掉一茎就是了。"说罢，忙走去挑掉一茎。众人看严监生时，点一点头，手垂下，顿时断了气。那么，这个严监生之"监生"是什么名目？严监生的哥哥是严贡生，这"贡生"又是何等名目？

综上，我们可以列出《儒林外史》中一批与科举考试有关的重要称谓：

童生、贡生、监生、生员、举人、进士等等。要完全搞明白这些称谓所代表的身份，就必须搞明白清代科举资格考试：

（一）地方学校科举资格考试

1.童试。这是最初级的考试，凡是去应考生员的考试都称童试。参加童试的士子，统称童生。按字面上理解，童生应是儿童，然而按明清科举制，不论年龄大小，童试通不过，哪怕考到六七十岁还是童生，最多加个"老"字，即"老童生"。《儒林外史》中荀玫十七岁就通过童试，而范进五十三岁、周进六十余岁还通不过，是老童生。童试由县试、府试、院试组成。

（1）县试。由知县主持。凡男性良民（即四民，士、农、工、商）① 皆可应试。考生事先要做好两种准备：一是要请一位廪生具保结，对考生的身份、品行担保。如《儒林外史》第四十八回《徽州府烈妇殉夫　泰伯祠遗贤感旧》中，邓质生进学考，就请了廪生王玉辉担保。二是考卷要自己花钱买。如第十六回《大柳庄孝子事亲　乐清县贤宰爱士》，提及匡超人买卷子去应县考。县试分初试、复试两场。初试通过，用"团案"公布，不分名次。初试（场）也叫正场，录取后，正式称为童生，准许参加府试了。复试可参加也可不参加。这是排名次考试，用"长案"公布，前十名在府试、

---

① 《清史稿》卷一二〇《食货》："四民为良，奴仆及倡优为贱。凡衙署应役之皂隶……皆为贱役，长随与奴仆等。"

院试卷子上特别加印一个"堂"字，第一名称"案首"。

（2）府试。由知府主持。府试在府治举行。如乐清县匡超人，通过县试后，就到温州府参加府试。第十六回《大柳庄孝子事亲　乐清县贤宰爱士》写道："开印后，宗师按临温州，匡超人叩辞别知县，知县又送了二两银子。他到府，府考过，接着院考。"府考第一名叫"府案首"。府试通过了，就可参加院试。

（3）院试。主持院试的考官称学政，各省一个。也称学道、学台、宗师等等。各省学政一般驻在省城。但顺天府学政驻通州，江苏省学政驻江阴县，安徽省学政驻太平州，陕西省学政驻三原县，这些是例外。学政三年一任。在任期内，要依次按临所辖府县举行院试，院试是选拔生员的考试，至为重要。院试按各府、县规定的名额录取，难度很大，平均九十至一百名童生录取一名生员。院试合格，各府、州、县奉到学政发下之新生名单，称"红案"。留县者为县学生，留府者为府学生。府学为上庠，县学为下庠。

入学成为生员非常关键。生员俗称秀才，高于童生一等，所以民间视之为"中了学"。有了秀才身份，就享有一定社会地位和待遇。顺治九年（1652），各地学宫立卧碑，碑文曰："朝廷建立学校，选取生员，免其丁粮，厚以廪膳，设学院、学道、学官以教之。各衙门官以礼相待，全要养成贤才，以供朝廷之用。"[①]故尔，一个生员哪怕日后考不中举人、中不了进士，穷愁潦倒，依然能受到尊敬。《儒林外史》第二十五回《鲍文卿南京遇旧

---

① 　《钦定大清会典事例》卷三八九《礼部·学校·训示规条》下。

倪廷玺安庆招亲》中有一个倪老爹，是个修乐器的穷人。当戏班领班鲍文卿得知他二十岁进学，已做了三十年秀才时，肃然起敬，谦恭地说："原来老爹是学校中人，我大胆的狠了。"平民见了知县要下跪，秀才可以不跪。第十七回《匡秀才重游旧地　赵医生高踞诗坛》："（秀才）匡超人又进城去谢知县，知县此番便和他分庭抗礼。"

府学教师称教授（进士出身人才有资格当），县学教师称教谕（贡生当）。府学与县学之间还有州学或厅学，教师称学正（举人充任）。

2.生员岁考、科考。生员如果不通过乡试，还不能入仕。生员的目标仍在科举。所以，明清的学校与科举紧密联系，是人才储备之地。

清代生员有好几种名目。就像现在的大学，有保送生、公费生、自费生、代培生、专升本等等。清代生员待遇最好的称廪膳生员，简称廪生，每月给与伙食费（清制，每年约四两银子）。有法定名额，一般来说，府学四十名，州学三十名，县学二十名。《儒林外史》第五回《王秀才议立偏房　严监生疾终正寝》中严监生有两个阿舅："一个叫王德，是府学廪膳生员；一个叫王仁，是县学廪膳生员。"后来人数扩大，增加的名称为增广生员，简称增生；随着入学人数日益增多，于增广生之外，又扩大招生，附于诸生之末，故称附学生员，简称附生。增生与附生，无廪米或廪银。清沿明制，凡新录取的生员，统一称为"附生"。在校诸生员，通过学官月课、季考，学政主持的岁考和科考，按成绩升降等级或赏罚，并决定出贡（即举为国子监生）和乡试资格。凡出贡和乡试中举，叫出学。出学即入仕之始，在清代被视为正途。

生员在学期间，学官（府学教授、州学学正、县学学谕）负责月课、季考。其成绩按时交学政备案查核。

生员在学的考试，以学政主持的岁考和科考最重要。

（1）岁考。也称岁试。学政到任第一年，在省内所属府、州、县依次轮流举行岁考。成绩分六等：考优者，补廪、补增；考劣等者，廪生停廪，增生降附生，附生降青衣（谓之青生，由着蓝色衫改着青衣），青衣发社（即从府、州、县学降到社学），发社取消学籍。考在第六等，廪生、增生、附生、青衣、发社都可能被直接黜为民。[1] 凡是生员都需岁考。不过，也有特殊的——即年过七十仍未出贡或中举的，附生入学已三十年连增生都升不上的，还有重病在身，朝廷特许"给予衣领，免其岁试，仍不准应乡试"的。[2] 此类人在科举途上已无望，可不在学，朝廷给以一个名号，允其按秀才穿戴，并可从此免去生员三年一次不能逃避的岁考。《儒林外史》第四十六回《三山门贤人饯别　五河县势利熏心》："余大先生看见他说的这些话可厌，因问他道：'老爹去年准给衣巾了？'成老爹道：'正是。亏学台是彭老四的同

---

① 《清会典》卷三十二《礼部·仪制清吏司》六，并见《清史稿·选举志》一《学校》上，中华书局，1976年版。

② 《钦定大清会典事例》卷三九〇《告给衣领》。

年，求了他一封书子，所以准备的。'"这"准给衣巾"就是"给予衣领"，如不懂清代科举制度，我们看《儒林外史》一笔带过，囫囵吞枣，不解其意，读书就大打折扣。

（2）科考及录科、录遗。科考也称科试。科考也是生员的考试，但这是录送生员参加乡试的考试。参加科考有限制，凡岁考中在五等以下，就不准参加科考和录遗（补考）。科试成绩分三等，不复黜降。凡考在第一、第二等以及第三等前十名（大省）或前五名（中、小省）者，准送乡试。《儒林外史》第四十四回《汤总镇成功归故乡　余明经把酒问葬事》："二先生（余持）道：'哥哥还在家里住些时，我要到府里科考，等我考了回来，哥哥再去罢。'……（宗师）十一日挂牌考凤阳八属儒学生员……余二先生考在一等第二名。"

科考是学政录取本省应考乡试生员的主要考试。

此外，科考之后，还有"录科"。"录科之设，恐有遗珠也。"[1]什么叫录科？录科是在科考举行之后，再对那些科考成绩在三等第六名之后（小省）或十一名之后（大省）的生员，以及因各种原因未能参加科考的生员，还有留在本省（在籍）的国子监生、官生等进行一次考试，录取一批应考乡试的生员。《儒林外史》中的荀玫，就是通过录科取得乡试资格的。第七回《范学道视学报师恩　王员外立朝敦友谊》提到，范进中举后又中了进士，不久就钦点山东学政，在按临兖州府院试中，为报周进提掖之恩，

---

[1] 《清史稿·选举志》—《学校》上。

对农家子弟荀玫特别留意，荀玫很争气，考得第一名。"次年录科，又取了第一。果然英雄出于少年，到省试，高高中了。"录科第一，接下去就参加省试（乡试）。荀玫乡试又是高中。

在科考、录科之后，还怕有遗才，要进行一次录遗考试。对象是未能参加科考、录科以及科考、录科未取者。周进就是通过录遗考试取得乡试资格的。《儒林外史》第三回《周学道校士拔真才　胡屠户行凶闹捷报》提到，在周进捐了二百两银子取得监生资格后，并未去国子监住读，仍在江苏，"正值宗师来省录遗，周进就录了个贡监首卷"。待到农历八月八日，周进赴乡试，又中了举人。

（二）国子监生考试

生员分两大类。上面讲的是地方学校生员。

另外一类是国子监诸生（贡生和监生）。

国子监诸生，指在国子监内肄业的贡生和监生。国子监长官叫祭酒，副长官叫司业。清代国子监"肄业生徒，有贡、有监。贡生凡六：曰岁贡、恩贡、拔贡、优贡、副贡、例贡。监生凡四：曰恩监、荫监、优监、例监。通谓之国子监生"。[①]

1.贡生。贡生是直省学校经考试遴选上贡朝廷的生员。

（1）岁贡，也称挨贡。府、州、县学廪生，十年后挨次升贡者称"岁贡"。《儒林外史》第四十五回《敦友谊代兄受过

---

① 《清史稿·选举志》一《学校》上。贡生中前五贡为正途，例贡是用钱买的，不算正途。

讲堪舆回家葬亲》中生员余持说："这关文上要的是贡生余持，生员出贡还少十多年哩。"原来是无为州发文三河县，要抓贡生余持，知县就把廪生余持拿问，生员与贡生是两种不同身份，是知县搞错了。所以，余秀才转身就要走。知县急了，忙说道："余生员，不必太忙。"又问县衙门吏房："县里可另有个余持贡生？"岁贡名额有严格限制："顺治二年，令直省学政考取岁贡，府学岁一人，州学三岁二人，县学二年岁一人。"①

（2）恩贡。凡遇国家庆典或新皇帝登极颁布恩诏之年，以正贡为恩贡、次贡为岁贡。

（3）拔贡。直省学政在岁考补足廪生后，选拔特优者，贡入国子监读书。顺天府特贡六人，各省府学贡二人，州县学贡一人。拔贡不常举行，数十年一举，十二年一举或六年一举。至乾隆七年（1742）定为十二年一次。拔贡需经学政考试，岁考成绩在一、二等以上生员才有资格报考拔贡。拔贡生的知识水平和年龄构成明显优于岁贡生与恩贡生，所以雍正感慨地说："各州县每年岁贡，较其食廪深浅，挨次出贡，内多年力衰迈之人。欲得人材，必须拔贡。"②拔贡生待遇，自乾隆后一变，不再直接赴监读书，而是赴京参加朝考，考入一、二等者，得做七品小京官或知县。其余札监肄业，三年期满，仍得应朝考拣选。③《儒林外史》第

---

① （清）商衍鎏：《清代科举考试述录及有关著作》第1章第4节《五贡》，百花文艺出版社，2004年版。

② 《钦定国子监志》卷十一《学志》三。

③ 《钦定大清会典事例》卷三八四《礼部·学校·拔贡事宜》。

十九回《匡超人幸得良朋　潘自业横遭祸事》中，匡超人"收拾行装，去应岁考。考过，宗师着实称赞，取在一等第一；又把他题了优行，贡入太学肄业"，指的就是拔贡。

（4）优贡。优贡三年一次，先由府州县学教官将历届岁考、科考一、二等最多的廪、增、附生，举优报学政，再由学政考试，以确定优贡生名额。录取优贡生，有正取与陪取两种。陪取是候选。如优贡乡试中举，则以陪优贡生按名次递补。乾隆二十三年（1758）定优贡也须朝考，文理通者入太学，不通者退回。优贡朝考不同于拔贡，不即录用。《儒林外史》第四十九回《翰林高谈龙虎榜　中书冒占凤凰池》："武书忙问道：'（马二哥）他至今不曾中举，他为甚么进京？'万中书道：'学道三年任满，保题了他的优行。这一进京，倒是个功名的捷径。'"这个马二哥，就是举优的优贡。

（5）副贡。即乡试之副榜。在乡试落选者中选择试卷文理优长者，再录一榜副榜，可直接解送国子监就读，称为副榜贡生。副榜有名额限制：五名正额，一名副榜。

（6）例贡。即生员出钱报捐贡生，可取得参加乡试的资格。

以上六种贡生，皆属生员出贡者。

2. 监生。指由国子监按朝廷规定自行招收的学生。非由生员出贡而入国子监就读的士子，通称监生。

（1）恩监。皇帝临国子监观礼，加恩圣贤后裔（武生、奉祀生、俊秀），特许入监；八旗官学、算学中满、汉肄业生考取者。

（2）荫监。有恩荫、难荫两种。在京文官四品以上、武官三品以上，在外文官三品以上、武官二品以上者，恩荫子弟一人入监。官员死难，其子弟特许入监者，为难荫。《儒林外史》第四十二回《公子妓院说科场　家人苗疆报信息》："六老爷同大爷、二爷来。头戴恩荫巾……带着四个小厮，大青天白日，提着两对灯笼：一对上写着'都督府'，一对写着'南京乡试'。"引文中的大爷、二爷就是贵州汤总督的两个公子，是两个荫监生，准备赴乡试。

（3）优监。文行兼优的直省各级学校附生和武生，由教官举优申报，经学政核定、礼部与国子监汇考录取者。其条件比优贡为低。《儒林外史》第三十六回《常熟县真儒降生　泰伯祠名贤主祭》："武书道：'后来这几位宗师，不知怎的，看见门生这个名字，就要取做一等第一，补了廪。……前次一位宗师，合考八学，门生又是八学的一等第一，所以送进监里来。'"此武书者，就属举优入国子监，乃优监生。

（4）例监，即捐纳监生。由俊秀（平民）纳资入监，称例监。俊秀不能纳资入贡。例监比例贡又低一等。《儒林外史》第三回《周学道校士拔真才　胡屠户行凶闹捷报》中的周进，就是筹了二百两银子捐了个监："那客人道：'监生也可以进场，周相公既有才学，何不捐他一个监进场？……每人拿出几十两银子，借与周相公纳监进场。'"周进果以例监获得了应乡试的资格。

以上的贡生和监生，即国子监生，都不能直接考进士，只是取得了乡试的资格。

乡试是清代科举考试的第二级考试，也称省试，因乡试在每个省举行。这和唐宋时称呼不同。唐宋省试，在京师举行，由尚书省礼部主持，此"省"指尚书省。相当于明清的会试。各种生员通过乡试，就取得举人身份。在清代，成为举人就获得了做官的机会。

举人进一级考试，就是会试。会试在京师举行，由礼部主持。会试中第，就是进士。会试后，还要参加殿试，殿试不存在落选问题，实际上是一次排甲次的考试，更重要的是，名义上皇帝主持殿试，进士皆为天子门生。

《儒林外史》中的人物，涉及乡试与会试的笔墨不多，为省篇幅，本文不展开讨论。

［原载《北京联合大学学报（人文社会科学版）》2011年第 2 期］

宋代"贡士"与"进士"异同考辨

宋代徽宗朝曾罢科举试，以学校三舍生试录取合格贡士赴殿试，及格者赐贡士，其名分与进士科同，所以，宋人著作将"贡士"列为"进士"。后人对宋代贡士与登科进士常混淆，亟需厘清。贡士与进士异同何在？

宋人李埴《皇宋十朝纲要》卷十五《徽宗朝》，在"进士"目下，将徽宗朝的"贡士"榜一并收录，今转引如下：

崇宁二年　取进士崔（霍）端友等五百三十八人

崇宁三年　贡士郑南等十六人

崇宁四年　贡士俞栗等三十五人

崇宁五年　取进士蔡嶷等六百七十一人

大观元年　贡士李邦彦等四十人

大观三年　取进士贾安宅等六百八十五人

大观四年　贡士刘知新等十五人

政和二年　　取进士莫俦等七百一十三人

政和三年　　取贡士陈公辅等十九人

政和四年　　贡士张纲等十七人

政和五年　　取进士何㮚等六百七十人

政和六年　　贡士臧瑀等十一人

政和七年　　贡士景彻等十二人

政和八年　　取进士嘉王楷等七百八十三人

宣和元年　　贡士王俊义等五十四人

宣和二年　　贡士祖秀实等六十六人

宣和三年　　取进士何洪（涣）等六百三十人。①

　　该书所录徽宗朝的贡士榜，尚缺漏大观二年（1108）、政和元年（1111）两榜。据宋人彭百川《太平治迹统类》卷二十八《祖宗科举取人·徽宗朝》载："（大观）二年，知举余深上合格上舍生。戊寅，御集英殿，赐王俣以下十三人及第。"《宋史全文续资治通鉴》卷十四亦有相同记载。另据《宋会要·选举》一之一二《贡举》："政和元年，以尚书吏部侍郎兼实录修撰、同修国史姚祐知贡举……合格阙。"显然，政和元年也曾举行贡士试，只是缺漏合格贡士人数。

　　据此可知，宋代徽宗朝从崇宁三年（1104）到宣和二年（1120）

---

① （宋）李埴撰，燕永成校正：《皇宋十朝纲要校正》卷十五《徽宗》，中华书局，2013年版。

的十六年里，共在全国范围内举行过12次贡士试。除了崇宁五年（1106）、大观三年（1109）、政和二年（1112）、政和五年（1115）、政和八年（1118）举行的三年一次的科举试外，国家每年都要进行贡士试。直到宣和三年（1121）罢贡士试，之后《皇宋十朝纲要》中再未出现有关"贡士"榜的记载。

那么，贡士与进士、贡士试与进士试有什么异同？《皇宋十朝纲要》将徽宗朝的"贡士"榜归入"进士"名目下是否合理？要回答这个问题，首先要理清宋代"贡士"的内涵。宋人高承《事物纪原》载："《周礼·大司徒》：'邦国举贤者于王。'此为贡举之始。"[①]也就是说，凡是被举荐的贤良之士都可统称为"贡士"。汉代的孝廉也可称贡士，所谓"郡国孝廉，古之贡士"。[②]可见，贡士并不是科举制下的产物。宋代的"贡士"有两种内涵：一是泛指尚未唱名赐第的各地举子，二是特指徽宗朝的三舍升贡之士。

宋制，凡科举发解试合格赴礼部试（省试）的举人（包括应进士科、诸科者），可通称为"贡士"。如，太宗太平兴国八年（983）正月壬戌，"两京、诸道州府贡士一万二百六十人。甲子，命中书舍人宋白等十人权知贡举……三月丙子，上御讲武殿，复试礼部贡举人，擢进士长沙王世则而下百七十五人、诸科五百一十六

---

① （宋）高承：《事物纪原》卷三《学校贡举部·贡士》，《丛书集成初编》本，中华书局，1975年版。

② 《后汉书》卷六十一《左雄传》，中华书局，1975年版。

人。"①引文中，"两京、诸道州府贡士一万二百六十人"指的是东京开封府、西京河南府通过发解试（地方考试）合格的应进士科、诸科人，也就是有资格赴礼部试的举子。发解试合格赴礼部省试人被称作"贡士"，源于唐代。《旧唐书》卷一四八《权德舆传》云：权德舆在礼部侍郎任上"凡三岁掌贡士，至今号为得人"。唐代科举试每年举行一次，"三岁掌贡士"，意为权德舆曾以礼部侍郎的身份三次负责礼部考试，而参加礼部试的人通称"贡士"。

唐、宋时，不仅赴礼部省试者称"贡士"，而且省试合格奏名进士、诸科，在未唱名赐进士第之前也可称"贡士"。天授元年（689）三月，武则天在洛城殿举行殿试，"太后策贡士于洛城殿。贡士殿试自此始"。②尽管武则天主持的殿试与宋代三级科考（地方发解试、礼部省试、皇帝殿试）中的殿试不同，并不是省试之上最高一级的科举试，但是在此次殿试中，称赴试举人为"贡士"，却是事实。这可视为宋代称省试合格奏名进士、诸科为"贡士"之源头。真宗大中祥符五年（1012）二月壬戌，"令礼部贡院录诸州发解试题进内，上将亲试贡士，虑其重复故也……三月己丑，上御崇政殿亲试礼部合格贡举人"。③

至于殿试合格人，则不能再称贡士。合格进士按殿试成绩的

---

①　（宋）李焘：《续资治通鉴长编》卷二十四"太平兴国八年正月壬戌、甲子"条，中华书局，2004年版。

②　（宋）司马光：《资治通鉴》卷二〇四《唐纪》二十，中华书局，1982年版。

③　《续资治通鉴长编》卷七十七"大中祥符五年二月壬戌、三月己丑"条。

高低，分赐进士及第、进士出身、同进士出身，通称"进士"或"第进士"；合格诸科亦按成绩分赐及第、出身、同出身，通称"诸科"。如，宋仁宗景祐元年（1034）三月十八日，"帝御崇政殿试礼部奏名进士……得张唐卿已下七百一十五人，第为五等，并赐及第、出身、同出身。第一、第二、第三等及第，第四等出身，第五等同出身"。①皇祐元年（1049）三月十四日，仁宗亲试诸科，"得《九经》于观色已下五百五十人，并赐本科及第、出身"。②

以上所述"贡士"是一种非常宽泛的称谓，取"邦国举贤者于王"之意。这些人或为地方解试合格赴省试人，或为省试合格等待殿试赐第人，属于尚未正式登第的应举者。所以，唐宋时期的科举也可称为"贡举"，《宋会要辑稿·选举》第一卷的标题就是"贡举"。

宋代"贡士"的第二种内涵，就是《皇宋十朝纲要》卷十五《徽宗》之"进士"条目下所载的"贡士"，如贡士郑南、贡士俞栗、贡士李邦彦、贡士刘知新等。这类"贡士"并不属于科举制下尚未获得进士身份的举子，而是专指学校三舍升贡之士。有资格参加贡士试的人都是在中央太学内就读的上舍生，负责考试的官员由朝廷临时委派，合格贡士还要经殿试唱名，才能正式释褐授官。大观二年（1108）一月，"以吏部尚书余深知贡举，给事中蔡嶷、

---

① 《宋会要·选举》七之一五《亲试》，中华书局，1997年影印本。
② 《宋会要·选举》七之一七《亲试》。

中书舍人霍端友同知贡举，合格贡士五十一人"。① 三月，徽宗"赐上舍生十三人及第"。② 贡士试合格者称贡士及第，一般按成绩高低分别赐予上舍及第、上舍出身。如：权邦彦"崇宁四年赐上舍及第、释褐，授从事郎、青州教授"。③ 莫廷芬字国华，"未冠入太学，与一时俊彦争名场屋间，籍籍有称。政和六年，赐上舍出身，调单州成武主簿"。④

据此可以论定，宋徽宗朝举行的 12 次贡士试，是独立于科举试之外的一种选士方法。

贡士及第人的恩遇一如进士登第人。宋制，皇帝临轩唱名赐进士后，还要由官方出资举办一系列的庆祝活动，包括赐新进士闻喜宴。同样，贡士及第也由皇帝临轩赐第，并赐闻喜宴。政和二年（1120），"赐贡士闻喜宴于辟雍，仍用雅乐"。⑤ 宋代进士经殿试唱名，即释褐授官；同样，贡士经殿试唱名后，也即刻释褐授官，跻身仕途。大观元年（1107），徽宗御崇政殿，"引见上舍生李邦彦等二十六人、孝悌进士三人，赐上舍及第，释褐。以邦彦为承事郎、辟雍博士"。⑥ 进士登第人获赐及第、出身、

---

① 《宋会要·选举》一之一三《贡举》。

② 《宋史》卷二十《徽宗纪二》，中华书局，1977年版。

③ （宋）杨万里：《诚斋集》卷一二四《枢密兼参知政事权公墓志铭》，《文渊阁四库全书》本。

④ （宋）刘一止：《苕溪集》卷四十九《莫国华墓志铭》，《文渊阁四库全书》本。

⑤ 《宋史》卷一二九《乐四》。

⑥ （宋）章如愚：《山堂先生群书考索·后集》卷二十七《士门·学制类》，《四库类书丛刊》本，上海古籍出版社，1992年版。

同出身；贡士及第人获赐上舍及第、出身，这是因为只有太学上舍生才能参加贡士试及殿试。而且，贡士释褐人与及第进士一样，都属于"有出身人"，寄禄官前可加"左"字。如睦州人叶三省，政和三年（1121）陈公辅榜贡士及第，绍兴二十五年（1155），官左中奉大夫、直龙图阁。[①]按规定，登进士高第者，一任回，即试馆职。大观二年（1108），李邦彦以贡士试第一名赐上舍及第，初授辟雍博士，满任后，授秘书省校书郎（馆职），后仕至太宰（宰相）。[②]说明贡士及第人的授官情况，亦与进士及第人相仿。因此，经贡士试而赐第的"贡士"，与科举试下尚未赐第释褐的"贡士"有着本质的区别，前者属于"有出身人"，后者则是尚未获得出身的人。两者不能混淆。

贡士试与科举试最大的不同，是在考试方式以及应试人员的构成方面。科举制下，允许天下士子"投牒自举"，经地方发解试、礼部省试、殿试三级考试，合格者即释褐授官。而贡士试则完全面向学校，应试者都是从各级学校考试中脱颖而出的太学上舍生。

宋代的贡士试只限于徽宗一朝的 12 榜，是当时以学校升贡试取代科举试的产物。崇宁元年（1102），徽宗采纳蔡京的建议，扩大太学建置规模，诏："天下皆兴学贡士，即国南建外学以受

---

① （宋）李心传：《建炎以来系年要录》卷一七〇"绍兴二十五年十二月丁酉"，中华书局，1988年版；《淳熙严州图经》卷一《登科记》，《宋元方志丛刊》本。

② 《宋史》卷三五二《李邦彦传》。

之。"① 外学名曰"辟雍"，专门用于安置各地升贡的外舍生。

崇宁三年（1104），正式下诏罢州郡发解试与礼部省试法，"将来科场取士，悉由学校升贡"，并决定国家每岁试上舍生（贡士试），取代三年一次的科举试。贡士试亦由知举官负责考校，"如礼部试"。② 随即，国家又颁布《岁贡法》，于地方州县推行三舍法。据记载，当时天下三舍教养人数达二十一万，建屋九万二千余楹，费钱三百四十余万缗，米五千五百余石。③ 这二十一万生员，先在县学教养，经考试合格后升入州学。州学生以考试成绩为准，先由外舍升内舍，再由内舍升上舍。上舍生再参加升贡试，合格者即由地方解贡，升入中央的辟雍继续教养，"自辟雍升太学，俟殿试命以官"。④ 崇宁三年（1104），以贡士试取代科举试的新制刚刚颁行，当年并未举行贡士试，而是以徽宗巡幸太学恩，由官员论定郑南等十三人贡士释褐。"崇宁三年十一月甲戌，幸太学及辟雍……官论定之士：郑南、程振、朱丁、叶祖义、汪至平、林徽之等十六人。"⑤ 次年，举行了第一次贡士试，"合格贡士三十五人"。⑥ 在三舍升贡法推行过程中，随着教育资源

---

① （宋）马端临：《文献通考》卷四十二《学校考》三《太学》，中华书局，1986年影印本。

② 《文献通考》卷三十一《选举考》四《举士》。

③ （宋）彭百川：《太平治迹统类》卷二八《祖宗科举取人·徽宗》"崇宁四年冬十月"条转引罗靖《杂记》，江苏广陵古籍刻印社，1990年版。

④ （宋）陈均：《九朝编年备要》卷二十七"丁亥大观元年二月"条，《文渊阁四库全书》本。

⑤ 《太平治迹统类》卷二十八《祖宗科举取人·徽宗朝》。

⑥ 《宋史》卷二十《徽宗纪二》。

分配不公等问题的日益突显，要求恢复科举试的呼声越来越高涨。宣和三年（1121），正式取消贡士试，全面恢复科举试。

值得注意的是，徽宗崇宁三年（1104）虽然下诏罢科举，但"三岁大比"的科举考试并没有真正停止。最主要的原因是，徽宗皇帝考虑到众多未能入学、一直在准备科举考试的举子们的利益，不得不继续开科取士，以缓解社会的压力。因此，在崇宁四年（1105）的贡士试后，第二年又进行了科举考试，"崇宁五年三月八日，上御集英殿，试礼部奏名进士，得蔡嶷以下六百七十一人"。① 到宣和三年（1121）正式恢复科举取士之前，先后举行了 5 次科举试，共取 4152 名进士。不过，夹在贡士试之间的 5 次科举试，与罢科举之前和恢复科举之后的科举试仍有所不同，是将科举试与贡士试合并在一起举行，参加考试的除一般举子外，还有大量的学校上舍生，所谓"贡士并宗子上舍与进士，同榜释褐"。② 按规定，经学校升贡者与未经学校而"投牒自举"者的录取比例为 7：3。崇宁五年（1106）十月，诏："今举取士，科场三分，学校七分，其贡额仍分年。"③ 当年共录取 671 人，按 7：3 的比例，经由学校登第者就多达 470 人。虽然科举试之"进士"与贡士试之"贡士"身份不相同，但在科举年内经由殿试赐第人仍统称为"进士"，没有贡士、进士之分。不过，在一些方

---

① 《宋会要·选举》七之三一《亲试》。
② 《宋会要·选举》二之一三《进士科》。
③ 《皇宋十朝纲要校正》卷十六《徽宗》。

志所列的宋进士名录中，都要对"上舍释褐"出身人加以注明，以示与进士释褐人的区别。除科举年份之外，经贡士试而入仕者，只能称作"贡士"，这点是毫无疑问的。

　　至此，徽宗朝"贡士"入仕身份与"进士"入仕身份之不同，已经十分清楚。正是考虑到这点，马端临在《宋登科记总目》中，只记录了徽宗朝的进士榜人数，并未将贡士榜的人数统计在内。①这也进一步说明，《皇宋十朝纲要》将徽宗朝的"贡士"列于"进士"目下，将贡士榜与进士榜混为一体的编排方式十分不妥，模糊了徽宗朝"贡士"与"进士"之间的界线。故撰此短文，辨明《皇宋十朝纲要》在编撰体例上的失当之处，以期引起学者的重视。

（原刊于《文献》2007 年第 4 期）

---

① 　《文献通考》卷三十二《选举》五《宋登科记总目》。

智者风范　仁者襟怀

——记傅璇琮先生二三事

在治学道路上，我有幸得到学术界三位名家的指教、奖掖和提携。第一位是著名的宋史专家徐规先生，在杭州大学攻读期间，是他教育我做学问要严谨、扎实，切忌急功近利，要有甘于寂寞、坐冷板凳的刻苦精神。徐先生是我学术人生的第一个领路人。第二位是饮誉海内外的宋史权威、北大名教授邓广铭先生。邓先生对我那本《宋史职官志补正》的充分肯定，在学术界已传为佳话。众所周知，我的《宋史职官志补正》，是在邓先生20世纪40年代完成、得到陈寅恪先生高度评价的《宋史职官志考正》基础上完成的，可以说，是踩在巨人的肩膀上摘到的果实。想不到，邓先生以大师的豁达胸怀，谦虚地把自己的《考正》比作"椎轮"，而把我的《补正》喻为"大辂"。这使我深受感动和鼓舞！感动于前辈大学问家对后辈的奖掖，邓先生对我这样愿坐冷板凳的后生寄予厚望，从而坚定了我献身中国古代职官制度研究的决心。

邓先生是我学术人生的护法神。第三位是海内外著名的出版家、唐宋文学专家傅璇琮先生。从1979年认识傅先生开始，直到今天，我们的学术交往延续了近三十七年之久！从中华书局古代史编辑室编辑、主任，到中华书局总编，傅先生数十年如一日在学术上热情地提携我，引导我寻找合适的学术方向，找到学术富矿，又帮助我将开采的学术产品推向社会。从《宋史职官志补正》《宋代官制辞典》到《宋登科记考》，我在学术道路上每前进一步，可以说都离不开傅先生的提携。傅先生既是帮我规划学术人生的总工程师，又是我的良师益友。

一、学术批评与人为善，"不打不相识"——结识缘起

1979年，我应上海人民出版社之邀，撰写《杭州与西湖史话》。在写作过程中，涉及一首著名的《灵隐寺》诗，其中"楼观沧海日，门听浙江潮"一句，尤为脍炙人口。关于此诗作者，学术界有争议。我就据唐人孟棨的《本事诗》，提出作者为骆宾王、宋之问二人。其实，我对唐代文学谈不上有研究。结果，此文在《杭州大学学报（哲学社会科学版）》1980年第一期刊出后，该刊第二期就登出了傅璇琮先生的《关于宋之问及其与骆宾王的关系》批评文章，否定了我的骆、宋合作的意见，明确表示"这首《灵隐寺》诗当仍是骆宾王所作"。文中也指出我在运用史料上的失误，将《新唐书·艺文志》写作《新唐书·文苑志》。拜读之后，我深感其

批评之中肯、立论之可信。其资料运用纵横捭阖，使我折服。回头再看自己的文章，实在浅薄，不免汗颜。

当时我并不认识傅璇琮先生，从徐规先生处了解到，傅先生是中华书局编辑，也是唐代文学专家。然而，这么一位专家，在批评文章中，言辞婉和，十分诚恳地提出问题，完全没有居高临下的架子。傅先生这一批评，对我震动很大——做学问并不那么简单，光凭"小聪明"是不行的，必须要有长期积累，同时运用史料一定要严谨，不能马虎。这是在文章之外我所受到的教育。

也许傅先生也没有想到，对于他的批评，我不仅没有不高兴，反而感动于他的深湛学问和与人为善切磋学问的风度。于是我立即给傅先生写了封信，表示接受批评，并希望今后能够得到学术上的指点。傅先生很快就回了信。就这样，这一批评文章开启了我们此后的长期学术交往之路。不久，他来信约我写一本小册子《宋太祖》，列入吴晗主编的《中国历史人物小丛书》。我欣然接受。《宋太祖》交稿后，他曾对我说："《宋太祖》文章很好，我在编辑部会议上也讲了。我们想约请你再写一本《王安石》。"我很高兴，于是又写了一本小册子《王安石》。《宋太祖》《王安石》分别在 1982 年、1989 年由中华书局出版。

有一次，席间有人问起我与傅先生是怎么认识的。傅先生抢先回答："我们是不打不相识。"指的就是我们是通过学术批评结识的。

当年我这个并未跨入学术殿堂之门的年轻人，通过接受学术批评而结识一位大学者——傅璇琮先生，并一直得到傅先生学术上的指导，这是我人生的机遇和幸运。

然而并非所有的学术批评都能有这样的结果。在学术界，我们也见到过有的学术批评，用语尖酸刻薄，结果引起被批评者的不满，最终酿成相互谩骂、相互攻击的局面。不但学术批评目的没有达到，反而造成了学者之间的矛盾，污染了学界的空气，这是不可取的。

傅先生对我的批评，可以说是学术批评的一个范例——抱着开展学术批评以求真的目的，怀着与人为善相互切磋学问的仁心，不但能使被批评者心悦诚服，而且会催化批评与被批评者之间建立起学术情谊。

二、出版家兼学者的高度——从《宋史职官志补正》说起

1974年，我从部队复员回杭大历史系，当时处于"文化大革命"后期，学校虽已复课，但仍未走上正轨。我离开学校已十二年，谈不上有什么历史研究。所以直到70年代末，我也没有明确的学术方向，仍彷徨在学术殿堂之门外。1979年，我所在的历史系宋史研究室在商议同仁的研究方向时，研究室主任徐规先生建议我研究朱熹，我当时考虑到研究朱熹的人已不少，加之我希望科研能够与教学相结合，所以未接受。徐先生考虑后，提出让我在系里开一门选修课"中国古代官制史"，科研方面则侧重宋代官制研究，这样教学与科研能相辅相成，我欣然同意。不久，以徐

规教授为学科带头人申报的"《宋史》补正"列入浙江省哲学社会科学"七五"规划重点课题。根据研究室学术分工，我理应承担《宋史·职官志》补正工作。这可让我犯难了。因为已有邓广铭先生《宋史职官志考正》这一得到陈寅恪先生高度评价的里程碑式作品在前，我这个刚刚涉足宋史领域的无名之辈，去补正《宋史·职官志》，能免"狗尾续貂"之讥吗？

正处于进退两难之际，我有机会请教了当时任中华书局中国古代史编辑室主任的傅璇琮先生。傅璇琮先生身为编辑，又是一位通观文史全局的专家，他针对我的顾虑，坦陈了他的看法："邓先生是宋史权威，为学术界所公认。他的《宋史职官志考正》是开山之作，是名作，但这不等于《宋史·职官志》研究工作已经终结。邓先生自己也不这样看。限于抗战时期资料之不足，还有不少遗漏。在50年代，他就提出过对《宋史职官志考正》和《宋史刑法志考正》需要重新进行增补。现在你去挑起这副担子，应该说是学术发展的需要。你年轻，精力充沛，研究条件又好，只要能刻苦钻研，在邓先生《考正》的基础上，必有新创获。我与邓先生有学术上的交往，深知邓先生的学术品格。他胸怀豁达，视学术如生命，十分关心宋史研究队伍的壮大。你的研究工作，只要脚踏实地，做好了，会得到他的肯定的。"他又说："一个人的时间、精力终究有限……有得必有失，从事中国古代官制史教学可以，专门研究则以断代为佳。（结合科研）你可以选择《宋史职官志补正》作为苦练基本功的阵地，逐步把握宋代现存的所有官制史料，在此基础上，继续深入，把根子扎得更深，争取站到学科前沿。"傅先生这番推心置腹、语重心长的话，于我犹如在旷野上难以辨别前进方向的时候，前方亮起一盏指路灯，一下子驱散了我心头的迷雾和疑虑，使我鼓起勇气，接受了补正《宋史·职官志》的科研任务。傅先生不但从学术发展角度肯定了我可以补正《宋史·职官志》，而且还在研究的方法上告诉我怎么做，即首先要充分占有材料，"把握宋代现存的所有官制史料"。

在傅先生的鼓励和点拨下，我于20世纪80年代初开始了补正《宋史·职官志》的工作，头三年，我把精力集中在搜集、阅读、摘抄《宋会要辑稿》《续资治通鉴长编》《职官分纪》《古今合璧事类备要》《吏部条法》《庆元条法事类》《宋朝诸臣奏议》《宋史》等史籍、类书以及宋人文集、笔记、方志等中的宋代官制史料上。以《宋史·职官志》十二卷内容为序，做了15册、数百万字分类笔记。最后，用两年时间，参考邓先生《宋史职官志考正》考订《宋史·职官志》，于1985年终于完成了包含近3000条补正条目、50余万字的《宋史职官志补正》。至1991年才由浙江古籍出版社出版，离邓先生《宋史职官志考正》1941年出版之期，恰好半个世纪。

《宋史职官志补正》出版后，诚如傅璇琮先生所预料的，邓广铭先生"胸怀豁达，视学术如生命"，他衡量学术成果，不论资历，不计较对自己的研究的批评，完全以学术上有无贡献为心中的一杆秤。这恰恰说明了傅璇琮先生的学术眼光是何等深邃！

一方面，他站在出版家兼学者的高度，指出对《宋史·职官志》的补正仍是一个有很大空间的学术阵地，而且可以为深入研究宋代官制打下基础，把根扎得更深，循此走向学术前沿；另一方面，他对学术大师邓广铭先生广阔的胸襟十分了解，所以能在我犹豫、彷徨之际，鼓励我走近学术大师、接续《宋史职官志考正》的研究工作。假如没有傅先生的这番点拨和鼓励，我根本不敢去补正《宋史·职官志》。我曾经对一位同事讲过，要不我还是去做一些《宋史》列传补正工作算了。要是真的去做《宋史》列传补正，就不可能有《宋史职官志补正》的出版，也就不可能有数百万字的宋代官制资料积累，更谈不上继续深入宋代官制研究，当然也就不可能有进一步的《宋代官制辞典》等成果了。

说起《宋代官制辞典》，更是离不开傅先生的提携。《宋史职官志补正》出版之后，我对宋代官制资料已有了较充分的积累。下一步该怎么走？这时我又想起了傅先生的话："从事中国古代官制史教学可以，专门研究则以断代为佳。你可以选择《宋史职官志补正》作为苦练基本功的阵地，逐步把握宋代现存的所有官制史料，在此基础上，继续深入，把根子扎得更深，争取站到学科前沿。不要满足于做一个有些成就的学者，要做一个有较高成就的学者。"要在完成《宋史职官志补正》后继续深入，从点到面，横向发展。那么如何继续深入？我问傅先生："可以考虑写《宋代官制史》吗？"傅先生说："写《宋代官制史》，要驾驭宋代三百余年制度演变史和其复杂的内涵，并非易事。"他建议我不要急于写官制通史。于是，我联想到在写作《宋史职官志补正》过程中，自己碰到过职官简称别名与职官术语这两个"拦路虎"。这给深入理解宋代官制带来很大困难。宋史界有一个共识，认为宋史研究有两大难题：一是宋代官制，一是宋代儒学①。我就想，如果撰编一部《宋代官制辞典》，在解释宋代正式官称之外，加上宋代职官别名与职官术语的解释，这也许对解决治宋史的难题——宋代官制会有帮助。我把这个想法写信告诉了已任中华书局副总编的傅璇琮先生。傅先生很快复函谈了他的看法："宋代官制的确很复杂，出一部《宋代官制辞典》对治宋代史与宋代文学史，都很有必要。问题是，出版断代官制辞典还没有先例，出版可能有些困难。但是，如果您能做出特色，具备较高学术价值，即使是断代官制辞典，也可以去争取出版。您不必犹豫，先做起来。"

傅璇琮先生是唐宋文学史大家，他深知历史制度之于文学史研究的重要性。他在《唐代诗人丛考·后记》中，对唐朝诗人姚合的仕履所作的考证，就是运用了职官制度史的学识：

《钱起考》：姚合《极玄集》卷上载钱起仕履，说是"终尚书郎、太清宫使"。后人因此也以太清宫使称他，如宋人诗话《诗史》谓"唐太清宫使、翰林学士钱起多作佳篇"云云。而按之于唐代官制，钱起是否曾为太清宫使，是颇可疑的。唐代太清宫使之称一般是宰相兼的。

① 李学勤、王曾瑜：《中国古代史研究资料》。

如《新唐书》卷四十六《职官志》一谓："宰相事无不统，故不以一职名官，自开元以后，常以领他职……至于国史、太清宫之类，其名颇多，皆不足取法，故不著其详。"这里说得很清楚……修国史及太清宫使也是宰相所带的名号。北宋时宋敏求的《春明退朝录》曾说："唐制，宰相四人，首相为太清宫使。"……而我们知道，钱起的官位最高不过是考功郎中，就是说，只是尚书省的一个郎官，是不可能为太清宫使的，《极玄集》所载当误。

这个例证，已能说明傅先生《唐代诗人丛考》为什么具有很高的学术价值，为学术界所推崇。就因为他治文学史不离治史，文史紧密结合。唯其如此，他对我做断代官制辞典，不仅仅从出版家和市场需要的立场评判，同时能从专家学者的高度予以审视，所以他在权衡了出版市场需求和学术价值之后，做出有魄力的决断，毅然支持我去做《宋代官制辞典》。

在《宋史职官志补正》完稿后，我用了数年时间，完成了《宋代职官别名汇释》《宋代职官术语汇释》，同时兼做宋代正式官名词条的搜集与释义。1987年，我感到编撰一部有特色的《宋代官制辞典》，已有较大把握，遂向中华书局编辑部综合室提出了选题申请。此时，傅先生已升任中华书局总编，不便与我直接联系，遂将此事委托综合室，由该室编辑——傅璇琮先生的爱人徐敏霞先生与我直接联系。徐敏霞先生也是北大高材生，有深厚的文献根底，保持了中华书局严谨的编审作风，工作极细致、认真。她第一次写的书稿样稿审读意见，就长达十二页，字写得密密麻麻。上百万字的书稿样稿中，凡需修改处，一一贴上写有批注的书签。在审稿期间，她与我通信十余次，给予了我悉心提示。经过两年多作者与编辑的反复讨论、修改，最后，在该《辞典》的编写体例、条目释文写作要求、引用书目的学术规范等方面，大家都达成了一致意见。1989 年，中华书局编辑经过讨论，接受了《宋代官制辞典》的出版。于是，我又用了近三年时间进行修改和增补，180 万字的书稿终于定稿。1997 年，中华书局出版了《宋代官制辞典》。

《宋代官制辞典》出版后，受到了学术界、特别是宋史界的欢迎，成为宋史研究者必备的案头书，被誉为"继邓广铭先生《宋史职官志考正》之后，宋史研究又一里程碑式之作"，[①] 并获得浙江省第九届哲学社会科学优秀成果著作一等奖、教育部第三届中国人文社科研究优秀成果历史类三等奖。《宋代官制辞典》能够完成并在中华书局出版，是与学者型出版家傅璇琮先生的支持和帮助分不开的，可以说，没有傅先生对该《辞典》的学术价值评判，就不会有此书问世。

《宋代官制辞典》的出版，标志着我在官制方面的研究更加深入，在学术上又前进了一步。在学术道路上得到傅璇琮先生的提携，这是我的幸运。

---

① 王曾瑜：《宋史研究的回顾与展望》，刊《历史研究》1997年第4期。

三、唐宋文学专家兼史家的深邃——从《宋登科记考》谈起

1991年夏天，我在完成了《宋代官制辞典》后，正在考虑下一步做什么。傅璇琮先生仿佛了解我心思似的，于是年6月10日给我捎来了一封信："你今后几年，我想，或者仍就官制史的路子走，深入一步写《宋代官制史》。邓先生的评价，我认为是合乎实际的。我对你寄有厚望，我认为你已具有底子与功力，完全能有进一步的成就。但《宋代官制史》是'细活'，需慢慢磨。或者即以我们在北京讨论的意见，先搞《宋登科记考》。"

其时，傅璇琮先生在出版了名作《唐代科举与文学》后，正想进一步考察宋代科举。

论及宋代科举制之研究，应该说，海内外学人已取得不少成果，而且还在继续全面开展。遗憾的是，与科举制兴起阶段唐代相比，宋代的科举研究出现一个很大的缺陷：唐代已有清朝学者徐松编撰的《登科记考》，而宋代则没有，换言之，宋代科举制研究最基础性的工作，尚付阙如。徐松《登科记考》提供了内容丰富的唐、五代科举编年史料，以及历届登科人及其生平履历，给研究唐代历史、文学和社会文化，提供了切实的基础资料。

傅先生是唐宋文学研究专家，但他兼有史家的史识与史学功底，他的智慧之深邃，正是基于能将文史研究紧密结合。他十分重视基础性资料整理与研究。他觉得，宋代科举于宋代文学、历

史与社会文化影响十分深远。而迄今研究宋代文学史与社会文化，还没有研究唐代条件好。关于唐五代科举，已有徐松的《登科记考》可资借鉴，而宋代没有《登科记考》，这始终是一个严重缺陷。于是，我下决心要仿徐松编撰《登科记考》体例，编撰一部《宋登科记考》。怎么着手做？因为宋代科举史料繁多，傅先生感到此"绝非一人之力所能胜任"。他想到了此时我正好完成了《宋代官制辞典》，还未确定下一步研究计划。于是在北京一次学术会议上，他向我提出了合作做《宋登科记考》的事。我的第一反应是，研究宋代官制与做《宋登科记考》并不矛盾，科举属官制的范畴。其次，要研究宋代科举制度，如果不能掌握最基础的登科资料，那就像大厦建立在沙滩上，是立不牢的。为此我欣然接受傅先生的提议。

从1992年下半年起，在傅先生主持下，我开始把主要精力投入"宋登科记考"课题的研究工作。傅先生则为筹集经费，帮助我向高校古委会申请立项，为此他做了大量工作。1992年，我在杭大历史系任教，与古委会无联系，不能申请项目。他开始想请杭大古籍所帮忙，让我任古籍所兼职教授，未果。后来我通过省教委与高校古委会联系紧急申请，傅先生又向古委会解释"宋登科记考"立项的意义。终于，在古委会近50个申请项目的激烈竞争中，"宋登科记考"得到批准立项，获得了宝贵的1万元经费资助。当然，对"宋登科记考"这么大的项目，1万元只能做启动经费，是很不够的。于是，傅先生又与美籍华人李珍华教授取得联系，建议他也参加此项目，并希望他能在自己所在学校申请立项。李珍华欣然同意，并通过傅先生打过来5000元人民币。遗憾的是，不久李先生病故，中美学者合作的愿望未能实现。此后，则由傅先生和我共同挑起"宋登科记考"课题的重担。

1993年11月，因工作需要，原杭州大学校长沈善洪教授将我从历史系调至古籍所，接姜亮夫先生所长的班，担任杭州大学古籍研究所第二任所长。由于"双肩挑"，"宋登科记考"课题进展就慢了下来。加上"宋登科记考"课题之工作量实在太大，涉及两宋浩繁的史料，所以前前后后做了近十年之久！光校对样稿就达七次，每校一次就要半年左右时间，在这前后近十年的编撰工作中，我的主要合作者是祖慧博士（现为浙江大学古籍所教授），同时聘请了历史系魏得良教授、图书馆线装部馆员尤钟林等专家学者参与，并组织历史专业的一些本科生帮助做些方志中关于进士材料的抄录工作。

在"宋登科记考"课题运作过程中，傅先生通过审读书稿，不断提出修改意见。其间来往书信，累年不断，我每次寄去部分样稿，他总是在百忙中尽量先披阅，有问题则作眉批。现在我略举傅先生修改的一些眉批：

《宋登科记考·天圣二年》：

1．"元绛"条：原文略。

傅先生批注：《宋史》本传〔引文〕，可稍简。

2. "毛洵"条：原文略。

傅先生批注：《宋史》本传，似应在周必大〔文集〕之后，这需有统一体例，是否以时代先后为准，如后之"叶清臣"条。

3. 样稿原文："孙锡，字昌龄。真州人。咸平二年登进士第……宋王安石《临川集》卷九七《孙公（锡）墓志铭》：'公讳锡，字昌龄……以天圣二年进士起家。'"

傅先生批注："咸平"为"天圣"之误。

4. 样稿原文："孙彝甫，一作夷甫常州武进人。"

傅先生批注："夷甫"后加逗号。

5. "许彦先"条，原文："宋苏辙《栾城集》卷二八《许彦先知随州》（文略）。"

傅先生批注：为何"文略"？应有登第年之记载。

6. 样稿原文："张瓌……宋王称《东都事略》卷三七《张洎》……孙瑰。"

傅先生批注："瑰"应作"瓌"。

7. 样稿原文："周中和……秦和人。"

傅先生批注："秦和"为"泰和"之误。

8. "曹平"条：原文略。

傅先生眉批："同三礼出身"，"三礼"漏加书名号，应为同《三礼》出身。

9. "孙抃"条，原文："宋王得臣《麈史》卷七。"

傅先生眉批：《麈史》仅三卷。

10．"杨正臣"条，原文："察襄，擢天圣八年进士第。"

傅先生眉批："察襄"为"蔡襄"之误。

11．"皇甫辽"条，原文："景祐元的甲戌张唐卿榜。"

傅先生眉批："景祐元的"为"景祐元年"之误。

12．P.169"傅仪"。

傅先生眉批：已见前页"傅仪"条，重。

13．"裴煜"条，原文："清厉鹗《宋诗纪事补遗》卷一《裴煜》。"

傅先生眉批：厉鹗非《宋诗纪事补遗》著者。

以上所举例，并非全部，但即便只通过上引眉批，已可窥见傅先生对《宋登科记考》审稿之细致，体例、简繁体更换、错别字、标点、引书作者等方面存在的问题，都在他严谨的审视之下，一一被挑出，让我们能及时订正并引以为戒。书稿通过一次次修改、一遍又一遍校对，不断提高质量，直到2004年全部定稿。

《宋登科记考》仿徐松《登科记考》体例，而又有新的改进。

该书包括科举大事记编年（100万字）与历榜登科名录两大部分。总体设计，以编年大事记为纲，登科名录即置于大事记相应年月之下，互相融会而贯通。大事记选取宋代科举方面的诏令、历届科举试之知贡举官与考试官，及各种规定等，资料力求齐全，以帮助读者了解宋代科举制度的全貌与内涵。大事记依据多种宋代典籍搜罗排比、抉择，有较高的学术价值。如传世之《宋大诏令集》，有关科举的诏令全部亡佚，比之《唐大诏令集》，此为逊色之处。大事记则可补《宋大诏令集》之阙漏。历榜登科人，按统一体例收录与说明。即每一登科人，依其所登科目，或进士，或诸科，或制科，或武举，或童子，或博学鸿词科，或赐第，以名次先后为序（倘不明登第名次，则以姓氏笔画排列），一目了然。

《宋登科记考》特点有二。其一，是书为两宋登科名录之集大成者。两宋共举行过118榜科举试，各种科目登第人共约有10万人。而完整保留下《登科录》的仅两榜，一榜是《绍兴十八年登科录》，计353人；一榜是《宝祐四年登科录》，计601名，两榜合954人，不到总数的百分之一。其余9.9万余人，或已湮没，或散落在茫茫史籍之中，须从现存宋代典籍及后世相关史料中去寻觅。经过多年努力，我们已收录了4万余人。迄今为止，没有一种著述或传记资料索引，能达到这个数字。比如前些年出版的以收罗宋代人物最多著称的王德毅先生等编写的《宋人传记资料索引》，共收2.2万余人，而其中登科人仅有6000多人，只占两宋登科人之十六分之一。以此言之，《宋登科记考》所完成的工作，虽称不上"竭泽而渔，网罗无遗"，其收获亦堪称最巨了。

其二，凡收录者，都撰有一小传，包括姓名、字号、籍贯、何种科目及第、及第之年、初授何官、最高官或终任官等。小传之下，附有书证。书证通常择要列二条；倘出于考证之需，或列两条以上。力求做到无证不信，言必有据。

近 420 万字的《宋登科记考》书稿完成后，还有一个十分重要的出版问题。又是通过傅先生的联系，最后落实在江苏教育出版社出版，使科研成果实现了向市场产品的转化。傅璇琮先生智慧之深邃，做事之决断，及其善于与人共事，堪称学林中之典范。他是《宋登科记考》的总设计师和监理人。没有傅先生的学术眼光、学术引领和在出版上的帮助，可以说不可能有《宋登科记考》的出版。《宋登科记考》出版后，得到学术界高度关注和充分肯定，获得了全国优秀出版图书奖、教育部第六届中国高等学校研究成果历史学类二等奖、浙江省第十六届哲学社会科学优秀成果一等奖。我感恩，是傅先生带我走进了高深的学术殿堂。

我和傅璇琮先生三十七年的学术交往，不说电话联系，光往来书信就在 300 封以上，过从至密。他长我半辈，其学术成就与学术地位更是高出我不知多少，但他始终平易近人，不摆架子，和蔼可亲，视我为挚友。这三十多年的学术交往，傅璇琮先生留给我最深刻的印象是：具有出版家兼学者的高度，文学家兼史学家的深度，唐宋文学领军人物的全局胸怀，奖掖后进的大师风范，以及高明的推动与组织学术研究发展的才干和艺术。

我只是傅先生提携的后进中的一个。傅先生"在古代文史研究领域著述精深宏富，扶持和培养了一大批从事古代文史研究的中青年学者，在海内外学术界、出版界享有崇高的声誉"。[①]

先生已逝，山高水长。先生的精深学问，与他从国家学科建

---

① 见中华书局《书品》2016 年第 1 期"特别关注"专栏编者按语。

设的全局出发，热诚、专业、不遗余力地奖掖后进、培养中青年学者的崇高境界，已成为一份珍贵的遗产，永远值得我们珍惜和继承。

（原载《傅璇琮学术评论》，宁波出版社，2007年版）

不怕慢　只怕站
——与大学生谈治学

　　在座的有不少大三学生，你们是 2014 年"大三"。我的"大三"是哪一年呢？ 1958 年。相隔五十六年之久！ 1958 年是"大跃进"之年，那时的口号是"赶超英美"，所以全民"大炼钢铁"，我的"大三"就是在校园里轰轰烈烈"大炼钢铁"、到农村去与农民同吃同住同劳动中度过的。你们的"大三"多么幸福，可以在崭新的校园里，安静地读书、做学问，设计未来，为将来施展抱负、大显身手打下坚实的基础。你们的起点是很高的。我的"大三"，根本不可能想到做学问的事。之后，我虽有幸留校，但又于 1962 年响应国家号召，投笔从戎，到了部队，一去十二年。直至 1974 年才返回杭州大学历史系任教，那年我已三十四岁了。三十四了，我还徘徊在学术研究大门之外，不知道如何做学问，比起我同届留历史系的同学是大大落后了。那我怎么办？是甘于落后，还是奋起直追？回答当然是要奋起直追。因我这个人，从小就爱读书，五岁就跟哥哥上学，而且志气不小，想做一个有出息的人。

现在，我这个五十六年前的"大三"，在宋史界可以算得上取得了不俗成绩的学者了。我目前在主持国家社科基金重大项目"中国历代登科总录"，去年和祖慧教授合著的《宋登科记考》（411万字）获得了省一等奖、教育部高校研究成果历史类二等奖。

三十四岁起步已晚的我，何以能赶上一直在校的老同学呢？今天我准备谈谈我的一点如何做学问的体会，愿和大家分享。

回顾我的学术道路，最根本的一条体会，就是做学问要"不怕慢，只怕站"。这是什么意思呢？就是做学问不能心急，心要静，一步一个脚印，日积月累，持之以恒；只怕做做停停，一曝十寒。

说起来容易，做起来很难。

首先，要做到"不怕慢，只怕站"，有一个重要前提，那就是：量体裁衣，定好学术方向。学术方向定不好，那慢也好，快也好，都不可能取得创新的、突出的成就，只会流于平庸。

1974年，我离开大学教师岗位已十二年，谈不上有什么历史研究。回校后，我没有明确的学术方向，仍彷徨在学术殿堂之门外。

1977年，著名宋史专家陈乐素在杭大历史系首创宋史研究室。我成为该研究室成员，开始进入宋史研究领域，跟着陈先生研究南宋诗人陆游。陈先生后来转至暨南大学任教，我的陆游研究遂告终结。

1979年，徐规先生接过陈先生的担子，任历史系宋史研究室主任，建议我研究宋代大学问家朱熹。我没有接受。我觉得科研最好与教学相结合，且要我一辈子研究一个历史人物朱熹，领域太窄，难以上下延伸。

宋史学术方向很多，政治史、思想史、经济史、文化史、教育史、科技史、军事史、社会生活史等等，而且每一种专门史中，又可细分，如政治史包括王朝变迁史、礼制史、刑法史、职官史、科举史等等，选择范围很大。后来，根据研究室的分工和我个人志趣，我确定了宋代官制作为我的研究方向。

确定学术方向要慎重，我之所以确定宋代官制作为我的学术方向，基于三点：一是自己先去了解和把握本学科的学术动态，然后主动征求学术前辈的指导和论证。为了确定研究方向，我曾先后征询了国内著名学者、出版家、原中华书局总编辑赵守俨和傅璇琮先生，他们都认为宋代官制除了邓广铭、聂崇岐先生有过研究之外，很少有学者投入，显得相当冷落，没有生气，宋代官制繁难复杂，有较大的研究空间，可以争取站到学术前沿。其二，能与教学相结合。我在杭大历史系开了两门课，一门是基础课"中国古代史"，一门是选修课"中国古代官制史"，通过宋代官制研究，可推动"中国古代官制史"教学水平的提高。其三，以宋代官制为平台，可以上下延伸，点面结合，展开贯通的中国古代官制研究，前途无量。

其时，正好徐规先生有一套"《宋史》补正"的计划，向省社科规划办申报了"《宋史》补正"课题，得到批准，列入浙江省哲学社会科学"七五"规划重点课题。在讨论"《宋史》补正"

课题分工时，结合我的学术方向，我接受了补正《宋史·职官志》的任务。可是，我犯难了，因为已有邓广铭先生《宋史职官志考正》这一得到陈寅恪先生高度评价的里程碑式作品在前，我这个刚刚涉足宋史领域的无名之辈，去续《宋史职官志考正》，能免"狗尾续貂"之讥吗？正处于进退两难之际，我又请教了唐宋文学著名专家、中华书局傅璇琮先生。傅先生坦陈了他的看法，他说："邓先生是宋史权威，为学术界所公认。他的《宋史职官志考正》是开山之作，是名作，但这不等于《宋史·职官志》研究工作已经终结。邓先生自己也不这样看。限于抗战时期资料之不足，还有不少遗漏。在50年代，他就提出过对《宋史职官志考正》和《宋史刑法志考正》需要重新进行增补。现在你去挑起这副担子，应该说是学术发展的需要。你年轻，精力充沛，研究条件又好，只要能刻苦钻研，在邓先生《考正》的基础上，必有新创获。我与邓先生有学术上的交往，深知邓先生的学术品格。他胸怀豁达，视学术如生命，十分关心宋史研究队伍的壮大。你的研究工作，只要脚踏实地，做好了，会得到他的肯定的。"他又说："一个人的时间、精力终究有限……有得必有失，从事中国古代官制史教学可以，专门研究则以断代为佳。（结合科研）你可以选择《宋史职官志补正》作为苦练基本功的阵地，逐步把握宋代现存的所有官制史料，在此基础上，继续深入，把根子扎得更深，争取站到学科前沿。"

经名家一点拨，我仿佛吃了定心丸，坚定了为之奋斗的学术方向。

第二，学术方向确定之后，则要"不怕慢"，坐下来大量阅读相关历史文献，有的书要读破，有的书要翻破。不厌其烦地积累资料，打好坚实的研究基础。

我开始做《宋史·职官志》补正工作的头三年，把精力集中在一字一句地啃十二卷本的《宋史·职官志》上。刚开始不敢去碰《宋史·职官志》，是因为自己对宋代官制所知甚少。通过反复阅读，并围绕每一段文字，搜集、阅读、摘抄《宋会要辑稿》《续资治通鉴长编》《职官分纪》《吏部条法》《庆元条法事类》《宋朝诸臣奏议》《宋史》《古今合璧事类备要》等史籍、类书以及宋人文集、笔记、方志等中的宋及宋以前的官制史料，做了数百万字的宋代官制史料的分类笔记，基本上掌握了《宋史·职官志》框架以内的宋代第一手官制史料，开始了宋代官制研究的起跑。在三年阅读和积累史料的基础上，再经过历时二年的逐条逐页的校订研究工作，终于完成了包含近3000条补正条目、50余万字的《宋史职官志补正》书稿。也就是说，我用五年时间读完了十二卷《宋史·职官志》，书也读破了，才算真正读懂。读懂一本书，用了五年时间，这速度是够慢的了。而正是读破《宋史·职官志》，才奠定了我深入研究宋代和中国历代官制的坚实基础。这其实又是快了。因为我在完成《宋史职官志补正》的过程中所积累起来的大量宋代官制史料，已为下一步做《宋代职官别名汇释》《宋代职官术语汇释》打下基础，进而顺利地完成了《宋代官制辞典》（180万字）这一重要工具书。随着宋代官制研究步步深入，书越读越多，我开始从点到线，从先秦官制到明清官制，上下延伸。官制史资料积累如滚雪球，越滚越大，继而完成了《中国历代职官别名大辞典》（227万字）。目前在主持国家社科基金重大课题"中国历代登科总录"的同时，仍细水长流地在做"中国历代官语汇释""中国历代官制大辞典"等官制研究的系列工程，即在书中看到一条官制术语或官名解释，随时记录下来，看到的资料是稍纵即逝的，不能偷懒，不能怕麻烦，一定要马上记下来，输入电脑。

第三，不怕慢，不是跟在别人后面跑，亦步亦趋，而是要敢于在学术上创新，做学术领跑人。创新，就是从长期积累中迸发出来的创新思维。

我做学问，有一个特点，不跟风，不盲从，坚持创新，迎难而上，做前人未做过的课题。

比如美国或日本学者，做区域研究、唐宋变革论、历史统计学研究等等，开始都是新课题、新概念，这是学术进步的表现。但大家不必都去跟风，都拥上去，那就谈不上创新了。我从不跟风，人家已做过的，我不做。我选择的研究课题，都是难题，是前人没有做过的。例如，学术界都说宋代官制繁杂多变，但没有人想到去撰写一本断代的《宋代官制辞典》，我想到了。这本书出来后，受到海内外宋史学者的欢迎，已成为宋史研究必备书，不论中国、日本，还是韩国、美国，凡是研究宋史的大学生、研究生、学者，必备此书。中华书局已接连重印三次。又如，职官别名是阅读古籍的拦路虎，我们大家都知道"宰相"这个官名，但真正将其作为正式官名的朝代，只有辽朝。其他所有朝代，从秦汉到明清，宰相都不是正式官名，而是别名。那么，唐朝宰相指什么官，宋代宰相、明清宰相指的是什么官，怕很少有人说得清楚。又如"内相"是唐宋翰林学士、明清内阁大学士别称等等。诸如此类的职官别称，不胜枚举。《辞海》《汉语词典》又查不到，怎么办？这是个难题。我想，既然是难题，就要有迎难而上的精神，你把它解决了，就是做前人未做过的研究，就是创新，创新就有学术价值。于是我经过前前后后将近十年的学术积累，完成了第三本学术专著《中国历代职官别名大辞典》，迄今为止，这是国内外唯一一本职官别名工具书，它的重要性已越来越为学术界所认识。

在学术上创新，你就能跑在人家前头，如果我跟着去研究唐宋变革，写的书再多，也不可能超越日本学者内藤湖南首创的成果。当然你可发表意见，丰富和论证其观点，或反驳其观点，这也是学术发展所需要的。同样研究社会变革论，近日来杭师大讲学的日本学习院大学王瑞来先生提出了宋元变革论，这就是具有创新性的学术观点，不是人云亦云。

再比如，因特殊原因，自 90 年代初，我转入了科举研究。宋史界都知道，研究宋代科举，北大张希清教授、原杭大何忠礼教授成就最大、最出名，我半途出家，怎么能赶上他们呢？我不是跟着他们走，而是选择难度极大、最基础、前人都未做也不敢轻易去做的"中国历代登科总录"课题，即把自隋唐至明清历次科举考试合格的进士全部收录起来，每个人都立一小传，且都要找到文献依据来支撑，总数达 11 万人以上。开始好多人都持观望态度，这样大的工程，你龚延明能做得下来吗？

我认准了这个课题有重大学术价值。几百年来，研究科举的人有多少？其论著可谓汗牛充栋，甚至有人说科举已没有什么好研究的了。我却说不。为什么？大家说来说去，可是连中国科举产生过多少进士、他们的经历如何这样的"家底"都没有摸，怎么能说研究得差不多了呢？从 20 世纪 90 年代中期我开始申请课题"中国历代登科总录"，到现在已十五六年，凡是创新的课题，开始总是很慢，因为前人未做过，一切从头开始。进展虽慢，我一步一步走来，一直坚持到现在。十几年过去了，2009 年，出版了前期成果《宋登科记考》（420 万字）。此书一出版，即得到学术界高度评价，已获得三项大奖。今年 10 月，又将出版《宋代登科总录》（1000 万字），唐代卷、明代卷已接近完成，清代卷正紧锣密鼓在做，全书总字数将达 5200 万字。现在我的研究在中国科举研究领域已处于前沿地位。哈佛大学专门邀请我作关于《中国历代登科总录》的学术报告。这一研究也说明了，我半途出家，从官制转入科举领域，开始速度很慢，然而由于能抓住富有创新价值的课题，坚持不懈，我又变成了这一领域的领跑者之一了（2012 年，中华炎黄文化研究会中国科举专业委员会有六位主席团主席，北大、厦大、人大、中国社科院各一位，浙大两位，一位是何忠礼教授，一位是我）。厦门大学与浙大已成为国内两大科举研究重镇。

第四，要有所为有所不为。我们所处的社会日益多元化，各种诱惑越来越多，如何守住寂寞、守住学术，始终如一地朝着既定的目标前进，这是关系到我们能否取得成就、做一个有出息的人的一个关键。

在20世纪七八十年代，生活还相当贫困，有的年轻教师，迫于家庭经济压力，在上课之外，到处兼课赚外快，结果影响了学术研究。我也想过这么做，但这会占去我的学术研究时间，我只能放弃。

改革开放后，诱惑更多，声色娱乐，无一不在吸引你。年轻人总喜欢娱乐，我只能尽量放弃。因为一个人的时间总是那点，精力也总有限。为了学术积累，多读点书，总得有所为有所不为。所以，我很少看电影、看电视、上网游戏，微博之类更是不懂。

记得在中年拼搏的那些年，我一直到年三十那天下午还在看书、写东西，年初二又开始工作。年复一年，大体上都是如此。当然，我并不是苦行僧，我也懂得享受，我主要是从读书中、写作中、发表的成果中得到快乐。

今天我并不提倡大学生都这样，但要在做学问上成为一个成功的人，有所为有所不为是必须做到的。玩手机、上网是潮流，但可不可以少玩一点呢？

总之，做学问"不怕慢，只怕站"，这是辩证哲学，慢中求快，学问会越做越大越做越快。所谓慢，就是选准方向，脚踏实地，一步一个脚印打好基础，富于创新，坚持不懈，细水长流，有所为有所不为，不能走走停停，更不能一曝十寒。这样，学术道路一定会越走越顺畅，一定会越走越宽广！

"不怕慢，只怕站"是我的座右铭，也是我数十年来的治学心得，供大家参考。

2014 年 5 月

有的书要读破　有的书要翻破

　　大凡 20 世纪 50 年代的读书人，都熟悉俄国作家高尔基的名言："书籍是人类进步的阶梯。"我还记得，这句话被剪裁成红色大字贴在图书馆的阅览室墙上，十分醒目，也具有很大感召力。那个年代，学校里的学子，对读书确有如饥似渴的"贪婪"。除了上课，做点作业，课余时间就是借图书馆的书看，别无所好。大家心里有一个认知，不读书就会掉队，只有好好地读书，才能进步，才能考上大学，一步一步地往科学顶峰攀登。

　　回顾我的读书生涯，大体可划分为两个阶段：一是求学阶段，一是研究阶段。在求学阶段，除了课本必读之外，我读书漫无边际，没有明确的目的，为求知欲望和个人兴趣所支配。有两本科普杂志我印象很深，一本是《知识就是力量》，一本是《大众科学》。我每期必读，从中得到许多自然科学知识，一度萌发了将来做天文学家的想法。后来，我因为数学成绩好，转而对数学著作产生了兴趣，还看过俄文版的数学著作，写了一篇《奇数、偶数筛选法》文章，不知天高地厚地寄给《中国科学》杂志，结果是被退回来了。但那时的编辑涵养特高，不是在统一打印好的退稿信中填上一个名字，而是亲笔写信，说了退稿原因和充满鼓励的话，我至今难忘。数学兴趣渐渐淡了，我又转向阅读文学著作。《古文观止》《唐诗三百首》《三国演义》《水浒传》《西游记》，巴金的"激流三部曲"，鲁迅的杂文，高尔基《童年》《我的大学》，等等，狼吞虎咽，大量地阅读。其中，普希金的诗与小说，对我特别有震撼力。有一次，我晚自修看普希金的《上尉的女儿》，忘了下课时间，一直看到凌晨4点钟，大门锁了，不得不翻墙回宿舍，被夜巡的校保卫科同志"抓住"了，第二天写了一份检讨书。我开始模仿普希金诗歌《小鸟》写了第一首诗。继而，苏联第一颗人造卫星上天，我在大学校报上发表了第一篇变成铅字的《在太空翱翔》小诗。这对我今后的人生道路产生了重大影响，虽然我后来没有成为诗人，但从文的道路已经确定。求学时期的读书，对我有两大意义。一是探索自己的潜能，判断自己到底适合选择什么职业。如果《中国科学》发表了我那篇《奇数、偶数筛选法》，也许我会选择数学研究的道路。二是广泛阅读，如海绵吸水般大量汲取知识，从而扩大了我的知识面，打下了使我一生受用的学养基础。

特别值得一提的是，求学时代我翻破了一本书：《康熙字典》。我的父亲是农民，但他却懂得字典对读书人的重要。中华人民共和国成立初，我刚考上义乌中学，他用十五斤白米，在县城一年一次的农历十月十五大集市上，换来这本世界书局 1936 年出版的二手《康熙字典》。从开始不知道怎么查，到后来离不开它，凡看书碰到生字就去翻，日复一日，年复一年，《康熙字典》翻破了，又修补，就这样，我的汉字识字量随之不断丰富，阅读能力日益增强。我至今还常翻《康熙字典》。我是历史学教授，却成了古典文献学博士生导师，我的古文献功底，受益于《康熙字典》匪浅。

学术研究阶段的读书，与求学阶段读书完全不同——围绕既定的学术方向，只读与专业相关的古书与近人论著。60 年代初，我从杭州大学历史系毕业留校，在宋史研究室承担宋代官制研究工作。与宋代官制相关的古文献很多，不可能一一仔细阅读。从何处着手？著名学者、中华书局原总编傅璇琮先生指点我："可选择《宋史职官志补正》作为苦练基本功的阵地，把握现存的所有宋代官制史的资料。"于是我开始了补正《宋史·职官志》的工作。头三年，我把精力集中在一字一句地啃十二卷本的《宋史·职官志》上。刚开始，《宋史·职官志》不敢去碰，因为我对宋代官制所知甚少，《宋史·职官志》仿佛句句是真理。于是我反复阅读，并围绕每一段文字，搜集、阅读、摘抄《宋史》《宋会要辑稿》《续资治通鉴长编》《职官分纪》《吏部条法》《庆元条法事类》《宋朝诸臣奏议》《古今合璧事类备要》等史籍、类书以及宋人文集、笔记、方志等中的宋及宋以前的官制史料。按《宋史·职官志》十二卷内容顺序，做了 15 册、数百万字的宋代官制史料分类笔记。继而，用两年时间，运用上述资料，进行梳理、排比、分析，缜密地考订《宋史·职官志》。前后共花了五年时间，完成了包含近3000条补正条目、50余万字的《宋史职官志补正》书稿，1991年由浙江古籍出版社出版。我用五年时间读完了《宋史·职官志》，书也读破了，才算读懂。读破《宋史·职官志》，奠定了我深入研究宋代和中国历代官制的坚实基础。1997年，中华书局出版了我的《宋代官制辞典》（180万字）。继而，我将官制研究领域逐步扩大，上下延伸，推出了《中国古代职官科举研究》（论文集，中华书局2006年出版）、《中国历代职官别名大辞典》（227万字，上海辞书出版社2006年出版）。

在当今"知识爆炸"的时代，书籍堆积如山，而人的精力有限，我们必须把握住自己：有的书要翻破，有的书要读破，有的书可以不读。

（原刊《书摘》2008年第5期）

我的阅读三境界
——以阅读《宋史·职官志》为例

我是一个史学工作者，致力于中国古代职官、科举制度史研究。我成为史学工作者后阅读的书，都是有所选择的，与专业有关。这和我青年时代阅读小说、诗歌，从中品味人世间的故事，得到一种阅读的享受和感悟不同。我每读一本重要的专业书，通常都经历了从"无知"到"有知"、从"有知"到"有问题"、从"有问题"到"解决问题"三境界。每读一本书有一本书的收获，通过一本一本书的积累，不断提升自己的学识、学术水平，从而在前人知识累积的基础上，有所发现，有所发明，著书立说。

一、从"无知"到"有知"

20 世纪 60 年代初，我从杭州大学历史系毕业留校，在宋史研究室承担宋代官制研究工作。与宋代官制相关的古文献很多，不可能一一仔细阅读。从何处着手？有专家指点我：可选择《宋史·职官志》首读，作为掌握宋代官制入门书来读。于是我开始了一字一句地啃十二卷本的《宋史·职官志》。因为我对宋代官制所知甚少，《宋史·职官志》仿佛句句是真理。那白纸黑字，有点神圣，不敢碰，不敢涂，只有学习的份。

　　在阅读基础性专业书过程中，碰到的难点较多，特别是《宋史·职官志》。因为宋代官制，素以繁杂多变著称，一不小心就搞错。比如：北宋前期，中书门下（宰相办事机构）与中书省（为三省之一，仅挂牌无实职的中央政务机构）并存。而宋人文献中常以"中书"简称"中书门下"。可是，今之学人却往往视"中书"为"中书省"简称。差之毫厘，失之千里。

　　又，《宋史·职官志》行文很不规范。如卷一"门下省"，开始一段正叙其职掌"受天下之成事，审命令"等等，权力很大。但没有交代为何时之制。可紧接下去一段，又倒叙"国初循旧制，以中书门下为宰相之职，复用两制官一员，判门下省事"。意为"国初"门下省只设一名判门下省事官，侍中、门下侍郎、给事中等皆不设，是一空名机构。那么开头所述之门下省职掌为何时之制？初读，会感到莫名其妙，弄不明白。

　　面对难点怎么办？我的体会是，只要对原著坚持反复阅读，重重迷雾就会被逐步拨开。仍以"门下省"为例。我再将原文往下读，关键性文字出来了："官制行，始厘正焉。凡官十有一：侍中、侍郎、左散骑常侍各一人，给事中四人……"这就是说，开头所叙为元丰新官制之门下省职掌。但未直接叙述新官制的编制，却插入"国初循旧制"，然后再复叙元丰新官制所定门下省之编制结构及其分工。阅读几个来回之后，才了解宋代"门下省"在北宋时期，分"宋初"和"元丰新制"两个阶段，"宋初"之制，以临时差遣为职事，不仅门下省，整个中央三省六部二十四司皆有名无实。至宋神宗元丰改制，方"官复原职"。这个基点搞明白了，才认识到，这条界线十分重要，如不能分清这条界线，就休想真正搞懂宋代官制。

我对宋代"门下省"的了解，经历了从糊涂到明白的过程。类而推之，复杂的宋代官制，就这样通过对原著"各个击破，反复阅读"，我从不熟悉原著、不了解宋代官制，到逐渐了解其所提供的宋代官制知识，终于从"无知"达到了"有知"的境界。

二、从"有知"到"有问题"

读书读到"有知"境界，从专业阅读角度看，还只能说走完了第一步。因为在阅读原著获取知识过程中，我不断发现其中存在的问题。能够在书中发现问题，这是阅读的升华。

那么，怎么发现问题呢？这与攻读专业书必须结合相关文献阅读有关。我在阅读《宋史·职官志》过程中，为了弄明白每个官司、官名及其职掌的内在涵义，除了运用反复阅读、层层深入的阅读法之外，还围绕每一段文字，搜集、阅读、摘抄《宋史》

《宋会要辑稿》《续资治通鉴长编》《职官分纪》《吏部条法》《庆元条法事类》《宋朝诸臣奏议》《古今合璧事类备要》等史籍、类书，以及宋人文集、笔记、方志等史料中的宋及宋以前的官制史料，并参考了邓广铭先生的名作《宋史职官志考正》。按《宋史·职官志》十二卷内容顺序，做了15册的宋代官制史料分类笔记。为此，我用了整整三年时间，才算读完十二卷本的《宋史·职官志》。通过将这15册宋代官制笔记与《宋史·职官志》进行对比、梳理、稽考，我发现了数千条可以商榷或订正的问题。有的是时间搞错了，如误"绍圣"为"绍兴"；有的是史实错误，如把"生事房"误为"主事房"、误人名"林机"为"林宪"、臆改"中书"为"尚书"等等，不一而足。以上发现的问题，属于原著本身的问题。我感到，为了不贻误后学，对发现的《宋史·职官志》中存在的问题，有责任进行订正。

阅读过程中，我还发现另一类问题，是阅读者难懂难解的，需要进一步予以探讨。《宋史·职官志》移录了一些宋人笔记材料，而笔记夹杂了许多职官别名，诸如"台端""副端""版曹""庶官""台丞""谏长"。以上职官别名，我一时不明白其义，各类辞典中又很难查到解释。假如这些职官别名搞不懂，你就不能说已完全读懂了《宋史·职官志》。学问学问，一是学习，二是问难。我没有知难而退，决心就阅读《宋史·职官志》过程中发现的这类新问题，予以特别关注和研究。

三、从"有问题"到"解决问题"

阅读过程中发现问题，是解决问题的开始。这说明阅读又往前推进了一大步，上升到了又一个新境界。

继而，我用了两年时间，运用上述15册笔记资料，缜密地考订《宋史·职官志》。完成了包含近3000条补正条目、50余万字的《宋史职官志补正》书稿，1991年由浙江古籍出版社出版。2009年，由中华书局再版。

在完成《宋史职官志补正》之后，我决心见难而上，要攻下职官别名这一难解的课题。由于职官别名材料分散在浩如烟海的文献中，不可能搞突击、一蹴而就，我通过细水长流的方式，结合科研，在阅读专业书和自先秦至明清大量文献的过程中，发现一条抓住一条。日积月累，历经十余年的努力，终于完成了227万字的《中国历代职官别名大辞典》，2006年由上海辞书出版社出版。

总之，我用了五年时间，阅读了专业基础书《宋史·职官志》，经历了从"无知"到"有知"、从"有知"到"有问题"、从"有问题"到"解决问题"三个境界，为我掌握宋代官制打下了坚实的基础。我在此基础上写出了两本学术著作《宋史职官志补正》和《中国历代职官别名大辞典》。

滚雪球：资料与学术积累的成功之道

一个人的精力有限，而数千年的历史，对个体而言，简直是无穷无尽。每个学者，只能在历史的某个领域选取某一场景或某一制度予以关注和追寻，寻找那已为岁月磨损、散落在浩瀚文献或深埋地下遗物中的信息，加以拾掇、修补和复原。在中国古代史研究中，我选取的是中国古代职官制度研究。回顾近三十年的中国古代职官研究，深感掌握史料的重要性。没有史料谈何研究？掌握史料是历史研究的起点，也是基础。

掌握史料目的何在？不是为掌握史料而掌握史料，目的是为了解读史料所包含的特定历史信息，通过分析、整合，尽量正确地认识特定历史信息所凝结的某个历史场景或制度的本来面貌。下面谈谈我对处理掌握史料与历史研究两者关系的体会。

一、定方向，占有第一手资料，跑好历史研究的起点

1976年，我进入著名宋史专家陈乐素先生主持的宋史研究室。宋史研究，是由张荫麟、张其昀、陈乐素等著名史家，在20世纪三四十年代，于浙大史地研究室任教时创立的，原杭州大学继承了老浙大宋史研究传统。研究室同仁在宋史学术研究方向上有适当的分工，宋代经济史、文化史与史学史都有人承担。我一进研究室，在被征求确定什么学术方向时，被难住了。我觉得，确定研究方向，关系到人一生的学术道路与成就，须慎之又慎。因为我对文学有点爱好，陈乐素先生建议我研究陆游，此事因陈先生转到暨南大学任教而未果；其后，徐规先生建议我从事朱熹研究，我对一生专门研究历史人物兴趣不浓。在分析了70年代末期历史学研究现状后，我觉得制度史这一学术园地较为荒芜，制度史教学也不受重视，如果确定一个学术方向，能把科研和教学结合起来，那在高校工作会事半功倍。我把这个想法同徐先生谈了以后，他非常支持，同意我以宋代官制作为研究方向，并开一门"中国古代官制史"选修课。

方向确定以后，如何着手宋代官制研究，我心中没谱。正在此时，以徐规教授为学科带头人申报的"《宋史》补正"课题，列入浙江省哲学社会科学"七五"规划重点课题。根据研究室学术分工，我理应承担补正《宋史·职官志》的工作。这可让我犯难了。因为已有邓广铭先生《宋史职官志考正》这一得到陈寅恪

先生高度评价的里程碑式作品在前，我这个刚刚涉足宋史领域的无名之辈，去补正《宋史·职官志》，能免"狗尾续貂"之讥吗？

正处于进退两难之际，我请教了通观文史全局、当时任中华书局中国古代史编辑室主任的傅璇琮先生。傅先生坦陈了他的看法："邓先生是宋史权威，为学术界所公认。他的《宋史职官志考正》是开山之作，是名作，但这不等于《宋史·职官志》研究工作已经终结。邓先生自己也不这样看。限于抗战时期资料之不足，还有不少遗漏。在50年代，他就提出过对《宋史职官志考正》和《宋史刑法志考正》需要重新进行增补。现在你去挑起这副担子，应该说是学术发展的需要。只要你能刻苦钻研，在邓先生《考正》的基础上，必有新创获。我与邓先生有学术上的交往，深知邓先生的学术品格。他胸怀豁达，视学术如生命，十分关心宋史研究队伍的壮大。你的研究工作，只要脚踏实地，做好了，会得到他的肯定的。"在打消了我做《宋史职官志补正》的思想顾虑后，他又就如何开展宋代官制研究做了点拨。他说："一个人的时间、精力终究有限……有得必有失，从事中国古代官制史教学可以，专门研究则以断代为佳。研究宋代官制，可从做《宋史职官志补正》入手，逐步把握宋代现存的所有官制史料。在此基础上，继续深入，把根子扎得更深，争取站到学科前沿。"傅先生这番推心置腹、语重心长的谈话，使我眼前一亮。傅先生不但从学术发展角度和邓广铭先生的为人两个方面，肯定了我可以做《宋史职官志补正》，而且还在宋代官制研究的方法上，指导我怎么做，即首先要充分占有材料，"把握宋代现存的所有官制史料"。

在傅先生的鼓励和点拨下，我于80年代上半叶，开始了补正《宋史·职官志》的研究工作。头三年，我把精力集中在搜集、阅读、摘抄《宋史》《宋会要辑稿》《续资治通鉴长编》《职官分纪》《古今合璧事类备要》《吏部条法》《庆元条法事类》《宋朝诸臣奏议》等史籍、类书以及宋人文集、笔记、方志等中的官制史料上。按《宋史·职官志》十二卷内容顺序，做了15册、500多万字的宋代官制史料分类笔记，基本上掌握了《宋史·职官志》框架以内的宋代第一手官制史料，开始了宋代官制研究的起跑。继而，用两年时间，参考邓先生《宋史职官志考正》，缜密地考订《宋史·职官志》，前后共花了五年时间，完成了包含近3000条补正条目、50余万字的《宋史职官补正》书稿，1991年由浙江古籍出版社出版。此书出版后，受到宋史界欢迎。

二、切忌东打一枪、西打一枪，资料积累如滚雪球，引领研究向纵深发展

《宋史职官志补正》完成后，作为研究室课题的一项任务也已完成。《宋史职官志补正》出版之后，我对宋代官制资料已有了较充分的积累。下一步该怎么走？这时我想起了傅璇琮先生的话："从事中国古代官制史教学可以，专门研究则以断代为佳。你可以选择《宋史职官志补正》作为苦练基本功的阵地，逐步把

握宋代现存的所有官制史料，在此基础上继续深入，把根扎得更深，争取站到学科前沿。"那么，在完成《宋史职官志补正》后，如何继续深入？联想到在做《宋史职官志补正》过程中，我碰到过职官简称别名与职官术语这两个"拦路虎"。为了扫清这两个障碍，与做《补正》同步，我已注意搜集宋代职官别名与职官术语的例证与释例。宋史界有一个共识：宋史研究有两大难题，一是宋代官制，一是宋代儒学。我就想，如果撰编一部《宋代官制辞典》，在解释宋代正式官称之外，加上宋代职官别名与职官术语的解释，这也许对解决治宋史的难题——宋代官制会有帮助。我把这个想法写信告诉了已任中华书局副总编的傅璇琮先生。傅先生很快回信谈了他的看法："宋代官制的确很复杂，出一部《宋代官制辞典》，对治宋代史与宋代文学史，都很有必要。问题是，出版断代官制辞典还没有先例，出版可能有些困难。但是，如果您能做出特色，具有较高学术价值，即使是断代官制辞典，也可以去争取出版。您不必犹豫，先做起来。"

对我做断代官制辞典，傅璇琮先生不仅从出版家的立场评判，同时能从专家学者的高度予以审视，所以他在权衡了出版市场需求与学术价值两者之间的利害关系后，支持我去做《宋代官制辞典》。

我心定了，下决心利用我占有大量宋代官制史料的优势，做一部《宋代官制辞典》。然而比起做《宋史职官志补正》，做《宋代官制辞典》对史料掌握提出了更高的要求。因为，无论是《宋史·职官志》，抑或是《职官分纪》《宋会要辑稿·职官》《文献通考·职官考》等文献，都不能系统、完整地提供编撰《宋代官制辞典》所需的正式官司官名、职官别名、职官术语三个方面内容的解释。而官制辞典作为工具书，却必须一条一条老老实实地做好，碰到难题，不能绕过去或偷工减料，要经得起读者查阅和时间的检验。这就需要全方位地、更深更细地从宋代和宋前后的资料中去挖掘、梳理《宋代官制辞典》所需要的史料。

为此，我每看一本史籍，必须同时收集宋代所有职官及其沿革与别名，宋代职官术语与典故。虽以宋代为主，但也得着眼先秦至宋的中国古代官制，上下贯通。搜集资料的工作量是很大的。此外，掌握史料与运用史料是一个问题的两个方面，必须从一开始就要兼顾，否则史料越积越多，无法迅速检索，将严重影响效率。我的做法是，一条材料做一张卡片，一张一张做卡片，分类保存。同时要考虑便于检索。因为一张卡片也许只能列一个词条，如"中司"，开始并没有解释，不知为何意；须等看到另一条资料，能够间接阐释该词条是"御史中丞"别称时，再做一张卡片，这两张卡片之间，时间也许隔得很久，一个月或者半年，再把这两张卡片放在一起；之后，看另一本书，可能发现直接解释"中司"的意义的资料，于是为"中司"做第三张卡片。诸如此类，等一个词条完成时，也许有四五张卡片，甚至十几张卡片，都要集中放在一起。假如不能检索，在几万张乃至十几万张卡片中，如何能迅速地查到某一词条，将同一词条不同卡片放在一起？为此，我设计了两种卡片索引，一是分类（如官名、别名、术语），按词头的笔画做一本综合索引，二是按所做条目卡片先后顺序编一本顺序索引。凡做一张卡片，都要编上166、8873、55692等编号，然后将每一个编号登记在综合索引的词条之下，如果同一词条有10张卡片，10张卡片的号码都登记在这一词条索引（按笔画可以查到）之下。这样，一个词条已做了多少卡片，每张卡片的编号是多少，放在什么位置，都能很快查出。这样，十几万张卡片完全为我所用，这在没有电脑的时代，是很重要的资料搜集方法。

掌握史料，要有不厌其烦的精神。我看书，按照自己所定的学术方向的要求去搜集史料，目标明确，需要收集的史料一条不放过，全部做成卡片或札记，日积月累，史料积累如滚雪球，越积越多，而且日益向深度推进。《宋史职官志补正》完成了，在做《宋史职官志补正》过程中积累起来的资料为撰写《宋代职官别名汇释》《宋代职官术语汇释》《宋代官制辞典》打下基础。在做《宋代官制辞典》时，已注意搜集《中国历代职官别名大辞典》《中国历代职官术语汇释》《中国历代官制大辞典》的资料。也就是说，掌握史料，不能单打一，不能单纯地只为满足当前的研究课题需要，视野要开阔，尽量把近期、中期和长远的研究目标结合起来。这样，会产生事半功倍的效果。

我在1987年完成《宋史职官志补正》的基础上，从1988年开始，又用了五年时间，于1993年完成《宋代官制辞典》书稿，交给中华书局。

1997年，中华书局终于出版了近180万字的《宋代官制辞典》。《宋代官制辞典》出版后，受到了学术界特别是宋史界的欢迎，被誉为"继邓广铭先生《宋史职官志考正》之后，宋史研究又一里程碑式之作"，[1]获得浙江省第九届哲学社会科学优秀成果著作一等奖，第三届中国高校人文社科研究优秀成果历史类三等奖。

《宋史职官志补正》和《宋代官制辞典》这两项研究成果的完成，使我深深体会到，史学研究的首要任务，就是要不畏艰苦，深入细致地掌握研究对象的第一手资料。靠东拼西凑，是不可能创造出新成果的。掌握了研究对象的第一手资料，等于研究有了一个良好的起跑，起跑好了，达到终点就不远了。

由于我有相继做完《宋史职官志补正》和《宋代官制辞典》的史料积累，我对两宋官制有了一个相对比较深入的了解，这就能够引领我对宋代官制的研究向纵深推进，为今后撰写一部《两宋官制史》打下了较扎实的基础。

（原刊《史学月刊》2009 第 1 期）

---

[1]　王曾瑜：《宋史研究的回顾与展望》，刊《历史研究》1997年第4期。

我的学术之路

我的学术之路，可以分官制研究、科举研究及历史普及三个方面，这是一条充满荆棘而又充满魅力之路；需要付出心血与汗水，忍受挫折的痛苦，又能享受取得成功的喜悦之路。

一、70年代末确立宋代官制研究方向

1974年，我从部队复员回杭大历史系，处于"文化大革命"后期的高校，虽已复课，但仍未走上正轨。1962年，我是以杭州大学助教身份应征入伍的。离开大学教师岗位已十二年，谈不上有什么历史研究。回校后，直到70年代末，我也没有明确的学术方向，仍彷徨在科学殿堂的门外。

1977年，著名宋史专家陈乐素在杭大历史系首创宋史研究室。我成为该研究室成员，开始进入宋史研究领域，跟陈先生研究陆游。陈先生后来转至暨南大学任教，我的陆游研究遂告终结。

1979 年，徐规先生接过宋史研究室主任的担子。徐先生有一套"《宋史》补正"的计划，向省社科规划办申报了"《宋史》补正"课题，得到批准，列入浙江省哲学社会科学"七五"规划重点课题。

在讨论"《宋史》补正"课题分工时，我接受了补正《宋史·职官志》的任务。梁太济教授做《宋史食货志补正》、何忠礼教授做《宋史选举志补正》，此三部《补正》都已出版。

我确定宋代官制作为此生研究的学术方向，出于三点考虑：其一，能与教学相结合，我在杭大历史系开了两门课，一是基础课"中国古代史"，二是"中国古代官制史"，通过宋代官制研究，可推动"中国古代官制史"教学水平的提高。其二，在征询了国内著名学者赵守俨、傅璇琮先生等的意见后，我深感宋代官制有较大的研究空间，在 70 年代末到 80 年代，宋代官制研究还相当冷落，显得没有生气。其三，以宋代官制为平台，可以上下延伸，点面结合，前途无量。

补正《宋史·职官志》，前后用了五年时间。

头三年，我把精力集中在阅读、摘抄《宋会要辑稿》《续资治通鉴长编》《建炎以来系年要录》《建炎以来朝野杂记》《职官分纪》《古今合璧事类备要》《吏部条法》《庆元条法事类》《宋朝诸臣奏议》《宋史》等史籍、类书以及宋人文集、笔记、方志等中的宋代官制史料上。按《宋史·职官志》十二卷内容顺序，做了 15 册的宋代官制史料分类笔记。继而，用两年时间，参考邓先生《宋史职官志考正》，缜密地考订《宋史·职官志》，前后共花了五年时间，完成了包含近3000条补正条目、50余万字的《宋史职官补正》书稿，1991年由浙江古籍出版社出版。此书出版时间，离邓先生《宋史职官志考正》1941年出版之期，恰好半个世纪。

众所周知，邓先生的《宋史职官志考正》得到过陈寅恪先生的高度评价：

　　　　邓恭三先生广铭，夙治宋史，欲著《宋史校正》一书。先以《宋史职官志考正》一篇，刊布于世。其用力之勤，持论之慎，并世治宋史者，未能或之先也。

　　　　是其神思之缜密，志愿之果毅，逾越等伦。他日新宋学之建立，先生当为最有功之人，所以无疑也。

　　　　噫！先生与稼轩（辛弃疾）生同乡土，遭际国难，间关南渡，尤复似之。然稼轩本功名之士，仕宦颇显达矣，仍郁郁不得志，遂有"斜杨烟柳"之名句。先生则始终殚力竭智，以建立新宋学为务，不屑同于假手功名之士，而能自致于不朽之域。　　①

邓广铭先生《宋史职官志考正》获史学大师陈寅恪先生的充分肯定与高度评价，毫无疑义，也就奠定了邓广铭先生宋史界领

---

① 刘梦溪主编：《中国现代学术经典·陈寅恪卷》页867、868《邓广铭宋史职官志考正序》，河北教育出版社2002年版。

军人物和新宋学开创者的崇高学术地位。此后，邓广铭先生半个世纪的学术道路及其在中国古代史，尤其是宋史的研究领域的卓越贡献，诚如陈寅恪先生所期许，赢得了海内外同行的景仰。

而我这个无名之辈，居然去承担研究室分配的"宋史职官志补正"子课题，能免"狗尾续貂"之讥吗？

《宋史职官志补正》出版后，作为浙江省重大课题的子项目，需要进行成果鉴定。浙江省社科规划办聘请邓广铭先生担任浙江省哲学社会科学重点课题"宋史职官志补正"鉴定组组长，同时聘请了中国社会科学院历史研究所研究员王曾瑜、陈智超，上海师范大学古籍整理研究所研究员朱瑞熙及中华书局编审汪圣铎，成立成果鉴定小组。

我心中忐忑不安，不知评价如何，倘若不合格，通不过，那我的学术前途将是一片黑暗。我曾经私下对一位同事讲："要是《宋史职官志补正》鉴定通不过，那我就易做《宋史》列传补正，改行从事人物研究，不搞官制研究了。"

1992年10月底，成果鉴定意见书寄回杭城。浙江省哲学社会科学规划办同志立即告诉我："鉴定组对《宋史职官志补正》予以充分肯定，评价很高。"这使我喜出望外，悬在心头的一块石头落了地。

诚如傅璇琮先生所预料，邓广铭先生"胸怀豁达，视学术如生命"。他衡量学术成果，不论资历，不计较对自己的研究的批评，完全以学术上有无建树为心中的一杆秤。

邓先生郑重其事，先把鉴定组四位成员意见归纳为两点：

第一，龚延明同志对于《宋史·职官志》所作的补正，既极周全详备，也极精审谛当；第二，这一新著的丰富内容，反映出龚延明同志对于宋代职官制度既具备通贯的理解，也具有深厚的基础根底。求之于当今之治宋史者，他的功力之雄厚应是居首选的。

接着，邓广铭先生又专门写了他个人的鉴定意见：

半个世纪以前，我曾撰写《宋史职官志考正》一文，重点在于抉发该《志》所用材料的来源及纂修者们因不熟悉两宋官制沿革而造成的诸多谬误。然因写作时限短促，思考多有不周，故在刊出之后，自行检校，亦惊诧于其中颇多极不应有之疏失，其后日本学者宫崎市定在为佐伯富的《宋史职官志索引》所作序言中，对拙文的失误之处亦间有指述。这说明，我的那篇文章只能算作开"大辂"之先的"椎轮"。然而"大辂"却一直迟迟没有出现。直到80年代末，国内学者中，才有杭大历史系龚延明同志出而专心致志于宋代职官制度的研究，他除已先后对此课题发表了多篇具有较高质量的论文外，更以五个春秋的时间和精力，完成《宋史职官志补正》这一巨著，对该《志》的遍体鳞伤，细致周详地加以核查、比证，每一条都有理有据，说理都极精当，证据都极确凿，所以也都具有极强的说服力。此后之研究宋代职官制度者，若能以此书作为案头必备之参考书，不唯可以不至为《宋史·职官志》中那些歧互杂乱的记载而浪费时间和精力；而且，在诵习此书的过程当中，还必然可以领会到：龚延明同志的这一著作，真正做到了"去粗取精、去伪存真、由此及彼、由表及里"的境地，这是只有很深厚的根柢、很广博的知识才能做到的。在这种强力的感染下，又必将使读此书者，愿以龚延明同志为榜样，扎扎实实地从事一些进行学术研究的基本训练，例如对史料的鉴别、比勘、考证、分析等等的基本技能才行。这本书是一本极具功力的书，是一本必会在许多方面都能起积极作用的书。

邓先生以八十四岁的高龄，审阅一个地方高校普通教师的成果，如此负责，如此认真，并用已经有些颤抖的手，亲笔写下716个字的评语，这是何等感人！充分体现了邓先生对宋史研究成果的高度重视，对培养年轻教师倾注心血的热心和真诚。

对《宋史职官志补正》的评价，谁最具权威的发言权？自然非邓先生莫属，也就是说，《宋史职官志补正》只有经得起邓先生的严格审查，才能证明我的研究工作没有失败。邓先生的评语，使我深受鼓舞，又使我十分不安。我感到邓先生对我是鼓励多了。

实际上我的《宋史职官志补正》，不过是站在邓先生的肩膀上摘到的果实。邓先生却自谦"我的那篇文章（指《宋史职官志考正》）只能算作开'大辂'之先的'椎轮'"，反而称我那本《宋史职官志补正》为"大辂"。自古以来，不乏文人相轻之例、同行相轧之病。然而，我在新时代却亲身感受到文人相亲的温暖，亲身感受到前辈大师心胸的豁达开阔，和奖掖后进不分亲疏、不凭门户、不讲地域、但论学术的高尚人格魅力。

邓广铭先生光风霁月、磊落无私的襟怀，令我高山仰止，永远钦敬！

由于得到北大名师邓广铭教授的奖掖和提携，坚定了我在职官科举史、宋史研究园地继续耕耘的决心。

以上，是我宋史研究的第一阶段，以《宋史职官志补正》为基点，打下了宋代官制研究的坚实基础。从此，一发而不可收，于是继《宋史职官志补正》出版后，《宋代官制辞典》（180万字，中华书局1997年版）、《中国历代职官别名大辞典》（227万字，上海辞书出版社2006年版）先后出版。我的官制研究，本准备沿着撰写《宋代官制史》《中国历代职官术语大辞典》《中国古代职官大辞典》（含正式官名、职官别名、职官术语的独具特色的官制辞典）走下去。然而，由于一个客观原因，官制研究暂告一段落。

总结我的第一阶段宋史研究，有五点体会：

第一，学术方向的确定，至关重要。宋史领域那么广大，不可能一个人都拿得下来。作为个人，只能挑选一个学术方向。那么确定什么方向呢？事关一个人有限生命中无限潜能值的最大发挥，故而，必须考量个人的兴趣和纵深发展的学术空间。

第二，做学问，不能浮躁，不能急功近利搞一些"短、平、快"的成果，只有甘于寂寞，坐得住冷板凳，先打好基础，才能往上一步步盖高楼。

第三，做学问，必须见难而上。我开始做《宋史职官志补正》时，遇到好多拦路虎，直接影响到对原文的理解。如《宋史·职官志》卷二3814页"（王）佐时摄版曹，（林）宪尝为右史"、3815页"庆元后，台丞、谏长暨副端、正言、司谏以上"。以上引文中版曹、右史、台丞、谏长、副端，到底是什么官？我都不明白，查词典也查不到。怎么办？是绕过去不管它呢，还是想方设法搞懂它？我想，既然我碰到这个难题，他人同样会碰到，做学问就要有见难而上的勇气，敢为人先的魄力。于是我决定，在做《宋史职官志补正》的同时，注意搜集宋代职官别名。虽然一时不懂什么版曹、台丞，什么谏长、副端，我遇到一个别名，就做一张卡片，经过不断积累，做成了数十万张卡片。同时，通过不断阅读文献找例释的方法，原来不懂的别名，一个个逐步搞懂了。什么叫"例释"？这里举一个例子：

副端　（宋）御史台殿中侍御史别名。

【例】《宋史·职官志》卷二《崇政殿说书》："副

端兼说书自余尧弼始。"

（宋）李心传《建炎以来系年要录》卷一五六"绍兴七年秋七月甲申"："殿中侍御史余尧弼兼崇政殿说书。"

（宋）吕陶《净德集》卷五《辞免殿中侍御史札子》："窃以副端之与丞杂，虽轻重不伦，而任责略等。"

可见，关于"副端"，虽然找不到直接的解释，但我们完全能够通过搜集例证予以解决。

后来，我在学术刊物上陆续发表了《略论宋代职官简称和别名》《宋代职官别名汇释选》，想不到，这引起了大洋彼岸普林斯顿大学刘子健教授的兴趣。1984年秋，刘子健教授给历史所王曾瑜、郭正忠、陈志超写了一封信，此信标题即为"建议编制《宋代官职别称》"，信中说："龚延明先生，我不认识，在这次《宋史研究论文集》中，页335起，有他的《略论宋代职官简称别名》，很有用。"为此，他建议"两岸协力，国际合作"，"编制《宋代官职别称》"。此信是对我的职官别名研究工作的充分肯定，激励我加快完成《宋代职官别名汇释》的编撰。后来这成为《宋代官制辞典》的一个重要部分。

第四，做断代史研究，不能止于断代，一定要承上启下，注意贯通。宋代官制与唐五代官制难以分割，又对元明清官制产生影响。研究断代官制，必须把握其沿袭和变革的轨迹。如同样一个"副端"别名，在不同朝代有不同的含义。在唐代，既是尚书左、右仆射别称，又是殿中侍御史别称；而在明代，"少詹事，称之副端"。①

我在做《宋代职官别名汇释》的同时，又注意搜集和研究从先秦到明清的职官别名，细水长流，经过二十余年的积累，终于以一人之力，完成了《中国历代职官别名大辞典》（227万字）的编撰，并于2006年由上海辞书出版社出版。

以此类推，我在做《宋代职官术语汇释》的同时，又注意上下延伸，为完成《中国历代职官术语大辞典》做准备（迄今为止，我已做了4000余条历代职官术语汇释）。

这里顺便提一句，当我在做《中国历代职官别名大辞典》和《中国历代职官术语大辞典》时，我的学术战略目光，早已定在《中国历代官制大辞典》上。这将是一部独具特色的融历代正式官名、职官别名、职官术语于一炉的官制大辞典。

第五，一个人学术上的成功，机遇是一个重要的因素。

我在成长的道路上，的确幸运地遇上了贵人相助。一位是中华书局原总编傅璇琮先生。傅璇琮先生在我得知邓先生已做过《宋史职官志考正》、不敢承担补正《宋史·职官志》任务的情况下，帮我树立信心，确定以《宋史职官志补正》为基点、致力于宋代官制史研究的学术方向。后来，又拍板接受在中华书局出版断代官制辞典——《宋代官制辞典》。在官制史研究取得一定成果的时候，又建议我扩大研究领域，做《宋代登科记考》，从而使我

①　（明）余庭璧：《事物异名》卷上《君臣·詹事》。

自 20 世纪 90 年代起进入了科举制研究的学术领域。科举制，从广义上说，仍属官制史研究范畴，从根本上说，这将有助于我的中国古代官制研究推向更深入、更广阔的天地。

另一位贵人就是邓广铭先生。2001 年第九期《读书》刊登了北大陈来教授撰写的《醉心北大精神的史家》，在谈到邓先生承继北大名师奖掖后学的传统时，即以邓先生高度评价杭州大学龚延明的《宋史职官志补正》为例。由于《宋史职官志补正》是在邓先生《宋史职官志考正》的基础上完成的，所以邓先生对其时名不见经传的后学之奖掖，格外发人深思，此事已传为学林佳话。

二、90年代后的科举制研究

1991 年，中华书局命傅璇琮先生向我建议："鉴于唐代进士名录，借（清）徐松辑录的《登科记考》，部分得以保存，大有裨益于今人；然而，宋代科举取士历朝最盛，却没有一部《宋登科记考》，这是学术界深感遗憾的事。你能否来做这件事？"我考虑后，认为这的确是一项具有创新学术价值的工程，同时，从广义上看，科举制也与铨选制有关联，属官制范畴，没有脱离我最初确定的官制研究学术方向。于是，我就答应下来了。商量结果是由我和祖慧教授合作，申报"宋登科记考"课题，1992 年经全国高校古委会批准立项。因两宋 118 榜科举考试，仅留下绍兴十八年和宝祐四年两榜《登科录》，116 榜《登科录》都已灰飞烟灭，必须从零开始，通过检阅宋代经、史、子、集海量文献，挖出一个又一个进士的资料。为此，我们历尽艰辛，终于整理出 41040 人的宋代登科人名录，并一一为他们撰写了小传。411 万字的《宋登科记考》，于 2009 年，终于由江苏教育出版社出版，为中国科举史填补了宋无《登科录》的空白（明、清有《进士题名碑录》）。4 万多宋代登科人是一个什么概念？我举个例子：我们常用的、台湾王德毅先生编撰的《宋代人名资料索引》，一共收录了 2 万多人，只有《宋登科记考》所收登科人的一半。

我曾经说过，做断代研究，不能止于断代，一定要注意上下贯通。所以，我开始着手做《宋登科记考》时，就已在设计，以《宋登科记考》为基点，上下延伸，做一个"中国历代登科总录"系列。1993 年，我从历史系调到古籍所，接替姜亮夫先生担任杭大古籍所所长。我以此为契机，于 1995 年向高校古委会申请了"中国历代登科总录"集体项目。

2003 年，"中国历代登科总录"列入国家社科基金项目。其成果以断代专著形式出版。全书分为五卷，总字数将达 5200 万左右：

一、《隋唐五代登科总录》（约 200 万字）。

二、《宋代登科总录》（约 1000 万字，已出版）。

三、《辽西夏金元登科总录》（约 200 万字）。

四、《明代登科总录》（约 2000 万字，已出版）。

五、《清代登科总录》（约 1800 万字）。

　　《总录》根据现存文献，收录自隋至清1300年间科举考试录取的登科人，总人数将达11万人左右，总字数将达5200万。在哈尔滨举行的第三届科举学国际学术研讨会上，《中国历代登科总录》被誉为21世纪科举学研究第一大工程。

　　《总录》体例：凡从现存文献中能辑录到的登科人，按朝代、榜次顺序，列其姓名，姓名下撰一小传。小传包括登科人字、号，籍贯，登科年，初授官，所历官（举例），终任官（或最高官），谥号。小传之下，附书证。书证写明哪一朝作者、书名、卷次及与小传有关的原著引文。书证尽量做到放两三条以上。例如：

　　1.［隋朝］温彦博　字大临。太原祁县人。温大雅弟。隋开皇末登进士第，初授文林郎、直内史省，仕至尚书右仆射。

　　《新唐书》卷九一《温大雅传·附彦博》："彦博，字大临。通书记，警悟而辩。开皇末，对策高第，授文林郎、直内史省。"

　　《祁阳县志·乡贤传》："温彦博，为隋之进士。"

　　《旧唐书》卷六一《温大雅传·附彦博》："温大雅，字彦弘，太原祁人也……大雅弟彦博，开皇末……授文林郎、直内史省。（贞观）十年，迁尚书右仆射。明年薨。年六十四。"

　　2.［唐朝］李嗣本　唐秦州成纪人。武德九年，弱冠（二十岁）登进士科。补金州西城县尉。贞观中，应清白尤异制科，入高等，转雍州高陵县尉。

吴钢主编《全唐文补遗》第五辑、页299《唐故宁州录事参军陇西李府君（嗣本）墓志铭并序》："府君嗣本，陇西成纪人也……初举进士甲科，补金州西城尉。举清白尤异高第，转雍州高陵尉……迁宁州录事参军……年六十九，以上元二年六月二十日终于宁州官舍。"

《隋唐五代墓志汇编·洛阳卷》第八册《李嗣本及夫人卢氏合葬墓葬志》："府君讳嗣本，陇西成纪人也……弱冠举进士甲科，补金州西城尉。举清白尤异高第，转雍州高陵尉……年六十九，以上元二年六月二十日终于宁州官舍。"

胡可先《徐松〈登科记考〉补正》（刊《文史》第六十三辑、页72）："《隋唐五代墓志汇编·洛阳卷》第八册《李嗣本及夫人卢氏合葬墓志》：'府君讳嗣本，陇西成纪人也。''弱冠举进士甲科，补金州西城尉。举清白尤异高第，转雍州高陵尉。''年六十九，以上元二年六月二十日终于宁州官舍。'以此推之，弱冠即武德五年。"

王洪军《登科记考再补正》页14："武德九年丙戌（626）李嗣本（607—675），举进士甲科。陇西李氏。"（《李嗣本及夫人卢氏合葬墓葬志》）原按："李嗣本上元二年（675）卒，年六十九，弱冠举进士，当在武德九年。胡可先推算为武德五年，有误。"

龚按：李嗣本卒于上元二年（675），享年六十九岁，以此推算，其生年应为隋大业三年（606），"弱冠"为二十岁，二十岁登进士第，其年当为武德九年。兹从"武德九年"说。

3.［宋朝］李常宁　字安邦。开封府延津县人。元祐三年，年五十二，获进士第一，初授宣义郎、签书镇海军节度判官。同年六月，以疾卒。

宋李焘《续资治通鉴长编》卷四〇九"哲宗元祐三年三月己巳"："赐进士李常宁等二十有四人及第、二百九十有六人出身、一百八十有八人同出身，诸科、明经七十有三人。"

宋彭百川《太平治迹统类》卷二八《祖宗科举取人·哲宗》："元祐三年三月己巳，赐进士李常宁、刘寿、章援、杨彭、史愿、史通、范致虚、费贡等二十四人及第、二百九十有六人出身、一百八十有八人同出身。内宗室子湜为承务郎、令龚为承奉郎。"

《宋会要·选举》二之一二《进士科》："（哲宗元祐三年）五月十一日，进士及第李常宁为宣义郎、金书镇海军节度判官厅公事。"

《宋会要·选举》七之二五《亲试》："哲宗元祐

三年三月十日，上御集英殿试礼部奏名进士……得李常宁以下五百二十三人，并赐及第、出身、同出身。"

宋李埴《皇宋十朝纲要》卷一一《哲宗朝·进士》："元祐三年取进士李常宁等五百二十三人。"

宋秦观《淮海集》卷三三之一《李状元(常宁)墓志铭》："元祐三年春三月，上始临轩，策有司所贡士被选者凡数百人，而廪延李君为第一。君讳常宁，字安邦……授宣义郎、签书镇海军节度判官。是岁六月，以疾卒。享年五十有二。"

宋王应麟《困学纪闻》卷一五《考史·李常宁对策名言》："李常宁曰：'天下至大，宗社至重，百年成之而不足，一日坏之而有余。'"原注："元祐中对策。"注引《秦少游李状元墓志》："元祐三年春三月，上始临轩策士，而廪延李君为第一。君讳常宁，字安邦。君于斯时年逾知命，释褐授宣义郎、签书镇海军节度判官。是岁，以疾卒。"

元马端临《文献通考·选举考》五《宋登科记总目》："元祐三年，进士五百二十三人，省元章援，状元李常宁。"

《雍正河南通志》卷四五《进士·宋》："李常宁，延津人。元祐中状元。节度判官。"

4.[西夏]李遵顼　先祖本姓拓跋氏，唐太宗赐姓李。夏国宗室。进士及第，授大都督府主。光宗元年立为夏国王。

《宋史》卷四八六《外国》二《夏国》下："（李）遵顼，始以宗室策试进士及第，为大都督府主。嘉定四年七月三日立，时年四十九，改光宗。"

清吴广成《西夏书事》（龚世俊校证本）卷三九："嘉泰三年、金泰和三年、夏天庆十年三月 策士。赐宗室尊顼进士及第。遵顼，齐王彦忠子……遵顼端重明粹，少力学，长博通群书，工隶篆。延祐延试进士，唱名第一，令嗣齐王爵。未几，擢大都督府主。"

5. ［明朝］金幼孜 名善，字幼孜，以字行。江西临江府新淦县人。治《春秋》。建文二年登进士二甲第四名。初授户科给事中。仕至太子少保、礼部尚书、武英殿大学士。

《建文二年殿试登科录》（台湾书局影印本）："第二甲 （共）三十七名 赐进士出身：金幼孜 贯江西临江府新淦县，民籍。县学生，《春秋》。字幼孜，行三。年三十岁，五月初十日生。曾祖德明，祖仲卿，父守止，母罗氏。慈侍下。娶刘氏。弟幼学、幼孚、幼孝。江西乡试第九名，会试第十三名。"按：殿试，金幼孜列二甲第四名进士。

明焦竑《献征录》卷一二《礼部尚书武英殿大学士金幼孜传》："太子少保、礼部尚书兼武英殿大学士金幼孜，江西新淦人，由进士擢给事中。"

《明史》卷一四七《金幼孜传》："金幼孜名善，以字行。新淦人。建文二年进士，授户科给事中。成祖即位，改翰林检讨。……仁宗即位……加太子少保兼武英殿大学士。……洪熙元年，进礼部尚书兼大学士、学士如故。……明年，母卒。"

6.［清朝］鲍琪豹　字惠人，号叔蔚。徽州府歙县人。民籍。监生。光绪十五年进士第二甲第十六名。

《清代朱卷集成》第六三册《会试科年·光绪己丑科鲍琪豹》："字惠人……安徽徽州府歙县民籍。殿试第二甲第十六名。"

房兆楹、杜联喆《增校清朝进士题名碑录》219页《光绪十五年己丑科·第二甲》："16　鲍琪豹。"

《光绪十五年进士登科录》："第二甲一百三十二名　赐进士出身。贯鲍琪豹安徽徽州府歙县。民籍。监生。己卯科乡试第一百十名，己丑科会试第一百八名。"

清朱彭寿《清代人物大事纪年·光绪十五年己丑·科第》："二甲进士：鲍琪豹，字惠人，号叔蔚。安徽歙县人。"

从上引书稿样式可以看出，我们所做的《登科总录》，每一条都有书证，都出自第一手资料，是我们历尽艰辛，从上千种古代文献中爬梳、整理、考辨出来的，而且要为每个登科人写一小传。

当然，还需要科研条件，包括研究队伍的学术水平，所在单位图书资料和申请搜集稀缺资源所需的科研经费等等。承担和完成这样大型的科研项目，实际上也是高校整体实力在某一点上的一个反映。

2014年，《宋代登科总录》（1000万字，14册）已由广西师范大学出版社出版，出版后获得学术界高度评价，荣获浙江省政府第十八届哲学社会科学优秀成果一等奖、教育部第八届全国高校人文社科研究优秀成果历史类二等奖。

关于《中国历代登科总录》的学术价值之大，我只举三个例子：

一是迄今我国收录人数最多的人名大辞典，是上海古籍出版社出版的由上海47位学者共同完成的《中国历代人名大辞典》，包含了5.4万人。而我们做的《中国历代登科总录》将收录11万多进士！从数量上，已超过它一倍多！此外，《中国历代登科总录》所收的是历代进士，是中国古代社会的精英，其价值之高，不言而喻。

二是我们已将这11万中国古代精英做成了独一无二的数据库——"历代进士登科数据库"，于2019年由北京古联数据公司在"籍合网"平台上线，向海内外学术界、文化界开放，可供随机检索。同时，依靠《中国历代登科总录》数据库支撑，可以做任何省、市、县的地方登科录。如我们应宁波鄞州区的要求，特地为他们编撰了《鄞县进士录》（70万字），浙江古籍出版社已于2010年出版。可见，《中国历代登科总录》是一个巨大而宝贵的资源。

近一二十年科举制度的研究，使我体会最深的是，做学问决不能单打一。那种这里放一枪，就跑掉，到那里再放一枪，又跑掉了的做法，很不可取。因为那样做，就会失去学术积累，其实是一种看不见的损失。我既然进入科举领域，我就要做好，做一些前人未做的事，能留下常青的成果。

其次，是要坚持，要有不折不挠的意志。我已是八十老人，已经退休，我完全可以放下手头的课题，中辍《中国历代登科总录》。但，马克思的名言"一个有幸从事科学研究的人，应为全人类工作"，从年轻时代起，就已铭刻在我心中。我觉得，来到这个世界上的人，并非人人都有条件、都能幸运地投身科学研究工作。我既然成了一个幸运儿，愿当一条老黄牛，把犁耙拉到底。

三、展望未来，不懈追求

我此生有幸成为一个历史学家，学无止境，永不言老，头脑要永远保持创新的思维，自强不息。因为人的生命只有一次，只有最大限度地发挥生命的潜能，才不枉此一生。为此，我退休后仍在做四件事：（1）主编《中国历代登科总录》，已出版《宋代登科总录》《明代登科总录》；另外三卷，《隋唐五代登科总录》2023年可望由广西师范大学出版社出版，《辽西夏金元登科总录》已定稿，《清代登科总录》2023年可望定稿。

（2）完成宋代职官科举制研究系列：《宋史职官志补正》（已出版）、《宋代官制辞典》（已出版增订版）。《宋代官制史》（150万字）、《宋代科举史》（150万字）正在撰写中。点校《职官分纪》五十卷，正与汪卉合作加紧进行中，将由浙江古籍出版社出版。（3）撰写《诗说中国史》共八卷，浙江古籍出版社已出版《诗说先秦史》、《诗说秦汉史》（被评为"全国优秀社会科学普及作品"）、《诗说三国史》、《诗说两晋南北朝史》、《诗说两宋史》，尚有《诗说隋唐五代史》《诗说辽金元史》《诗说明清史》三卷，有待完成。（4）出一本包括正式官名、职官别名、职官术语的全方位提供查阅中国历代官司、官名及官场用语的《中国历代官制大全辞典》。这个计划，一直在逐步实施与推进中：已出版的《宋代官制辞典》是《中国历代官制大全辞典》断代样板；《中国历代职官别名大辞典》已于2019年由中华书局出增订版；中国历代职官术语已搜集4000余条，正准备完成并出版《中国历代官制术语辞典》。做这项研究工作，不能突击，需结合平时其他科研工作，细水长流，不断积累，我一直没有放松。

我能同时做以上四项科研工作，靠什么？一是不偷懒，凡决定要做的事，"不怕慢，只怕站"，坚持不懈，坚忍不拔。二是学习研究，"不厌其烦见精神，日积月累奏其功"，从点点滴滴积累做起，用不断"滚雪球"的方法，十年、二十年，长期积累，从而不断增强实力。三是要始终保持创新的思维，一遇到新问题，抓住不放，见难而上。以《〈木兰诗〉与唐代勋级制度》一稿为例。《中华读书报》2011年3月2日，刊登了马质斌《"策勋十二转"新解》一文，提出《木兰诗》中"策勋十二转"并非唐制，欲摇撼支持《木兰歌》"经隋唐文人润色加工"（袁行霈主编《中国文学史》第二卷、107页，高等教育出版社，2003年版）的重要论据。我认为此奇文必须驳斥。于是不敢懈怠，立即动用平时的学术积累，用一天时间，就撰写了5300字的《〈木兰诗〉与唐代勋级制度》长文，并迅速投给《中华读书报》。该报收到我的稿子后，十分重视，立即安排在紧接的下一期（即《中华读书报》2011年3月10日），以头版头条刊登标题，"国学"专刊上全文发表，这样产生的学术影响就比较大。能够做到站在学术前沿，积极发挥制度史研究学以致用的作用。四是重视创新的研究方法，我做课题或其他科研项目，都建有不同类型、大小不一的数据库，凡所掌握的资料都能自动归类，因此，看起来头绪众多，研究对象不一，涉及史料上下纵向数千年、左右横向多方面，能够做到有条不紊、高效率地稳步推进。

　　"活到老，学到老。"在学术上，没有老少之分。我坚信：人间万物，学术之树是可以常青的！